Tucholsky Wagner Zola Scott Sydow Freud Schlegel
Turgenev Wallace Fonatne

Twain Walther von der Vogelweide Fouqué Friedrich II. von Preußen
Weber Freiligrath Frey
Kant Ernst
Fechner Weiße Rose von Fallersleben Frommel
Fichte Richthofen
Engels Fielding Hölderlin
Fehrs Eichendorff Tacitus Dumas
Faber Flaubert
Eliasberg Ebner Eschenbach
Feuerbach Maximilian I. von Habsburg Fock Eliot Zweig
Ewald Vergil
Goethe Elisabeth von Österreich London
Mendelssohn Balzac Shakespeare
Lichtenberg Rathenau Dostojewski Ganghofer
Trackl Stevenson Doyle Gjellerup
Hambruch
Mommsen Tolstoi Lenz Droste-Hülshoff
Thoma Hanrieder
Dach Verne von Arnim Hägele Hauff Humboldt
Reuter
Karrillon Rousseau Hagen Hauptmann Gautier
Garschin
Damaschke Defoe Hebbel Baudelaire
Descartes
Hegel Kussmaul Herder
Wolfram von Eschenbach Dickens Schopenhauer
Darwin Rilke George
Bronner Melville Grimm Jerome
Campe Horváth Aristoteles Bebel Proust
Bismarck Vigny Barlach Voltaire Federer Herodot
Gengenbach Heine
Storm Casanova Tersteegen Grillparzer Georgy
Chamberlain Lessing Langbein Gilm
Brentano Gryphius
Strachwitz Claudius Schiller Lafontaine
Kralik Iffland Sokrates
Katharina II. von Rußland Bellamy Schilling
Gerstäcker Raabe Gibbon Tschechow
Löns Hesse Hoffmann Gogol Wilde Vulpius
Luther Heym Hofmannsthal Gleim
Roth Heyse Klopstock Klee Hölty Morgenstern Goedicke
Luxemburg Puschkin Homer Kleist
La Roche Horaz Mörike Musil
Machiavelli
Navarra Aurel Musset Kierkegaard Kraft Kraus
Nestroy Marie de France Lamprecht Kind Kirchhoff Hugo Moltke
Nietzsche Nansen Laotse Ipsen Liebknecht
Marx Ringelnatz
von Ossietzky Lassalle Gorki Klett Leibniz
May vom Stein Lawrence Irving
Petalozzi
Platon Knigge
Sachs Poe Pückler Michelangelo Kock Kafka
Liebermann Korolenko
de Sade Praetorius Mistral Zetkin

Der Verlag tradition aus Hamburg veröffentlicht in der Reihe **TREDITION CLASSICS** Werke aus mehr als zwei Jahrtausenden. Diese waren zu einem Großteil vergriffen oder nur noch antiquarisch erhältlich.

Symbolfigur für **TREDITION CLASSICS** ist Johannes Gutenberg (1400 — 1468), der Erfinder des Buchdrucks mit Metalllettern und der Druckerpresse.

Mit der Buchreihe **TREDITION CLASSICS** verfolgt tradition das Ziel, tausende Klassiker der Weltliteratur verschiedener Sprachen wieder als gedruckte Bücher aufzulegen – und das weltweit!

Die Buchreihe dient zur Bewahrung der Literatur und Förderung der Kultur. Sie trägt so dazu bei, dass viele tausend Werke nicht in Vergessenheit geraten.

Der Elementargeist

E.T.A. Hoffmann

Impressum

Autor: E.T.A. Hoffmann
Umschlagkonzept: toepferschumann, Berlin

Verlag: tredition GmbH, Hamburg
ISBN: 978-3-8424-1191-3
Printed in Germany

Text der Originalausgabe

E.T.A. Hoffmann

Der Elementargeist

Gerade am 20 November des Jahres 1815 befand sich Albert von B., Obristleutnant in preußischen Diensten, auf dem Wege von Lüttich nach Aachen. Das Hauptquartier des Armeekorps, dem er beigegeben, sollte auf dem Rückmarsch aus Frankreich an demselben Tage in Lüttich eintreffen und dort zwei oder drei Tage rasten. Albert war schon abends vorher angekommen; am andern Morgen fühlte er sich aber von einer sonderbaren Unruhe ergriffen, und er mochte es sich selbst nicht gestehen, daß nur dunkle Träume, die ihn die ganze Nacht hindurch nicht verlassen und ihm ein sehr frohes Ereignis verkündet hatten, das seiner in Aachen warte, den raschen Entschluß erzeugten, auf der Stelle dorthin aufzubrechen. Indem er sich noch selbst über sein Beginnen höchlich verwunderte, saß er schon auf dem schnellen Pferde, von dem getragen er die Stadt noch vor einbrechender Nacht zu erreichen hoffte.

Ein rauher schneidender Herbstwind brauste über die kahlen Felder hin und weckte die Stimmen des fernen entlaubten Gehölzes, die hineinächzten in sein dumpfes Geheul. Raubvögel stiegen kreischend af und zogen in Scharen den dicken Wolken nach, die immer mehr zusammentrieben, bis der letzte Sonnenblick dahinschwand und ein mattes, düstres Grau den ganzen Himmel überzog. Albert wickelte sich fester in seinen Mantel ein, und indem er auf der breiten Straße so vor sich hintrabte, entfaltete sich seinem innern Sinn das Bild der letzten, verhängnisvollen Zeit. – Er gedachte, wie er vor wenigen Monden denselben Weg gemacht, in umgekehrter Richtung zur schönsten Jahreszeit. In üppiger Blüte stand damals Feld und Flur; buntgewirkten Teppichen glichen die duftenden Wiesen, und im lieblichen Schein der goldnen Sonnenstrahlen glänzten die Büsche, in denen die Vögel fröhlich zwitscherten und sangen. Festlich geschmückt hatte sich die Erde, wie eine sehnsüchtige Braut, um die dem Tode geweihten Opfer, die im blutigen Kampf gefallenen Helden, zu empfangen in ihrem dunklen Brautgemach. –

Albert war bei dem Armeekorps, dem er zugewiesen, angekommen, als schon die Kanonen an der Sambre donnerten; doch zeitig genug, um noch teilzunehmen an den blutigen Gefechten bei Charleroi, Gilly, Gosselins. –

Der Zufall wollte, daß Albert gerade da immer zugegen war, wo sich Entscheidendes begab. So befand er sich bei der letzten Erstürmung des Dorfes Planchenoit, die den Sieg in der denkwürdigsten aller Schlachten (Belle-Alliance) vollends herbeiführte. Ebenso kämpfte er den letzten Kampf des Feldzuges mit, als die letzte Anstrengung der Wut, der grimmigen Verzweiflung des Feindes sich an dem unerschütterlichen Kampfesmute der Heldenschar brach, die, in dem Dorfe Issy festgefußt, den Feind, der, unter dem furchtbarsten Kartätschenfeuer stürmend, Tod und Verderben in die Reihen zu schleudern gedachte, zurücktrieb, so daß Scharfschützen ihn bis ganz unfern der Barrieren von Paris verfolgten. In der Nacht darauf (vom 3. bis zum 4. Julius) wurde bekanntlich die die Übergabe der Hauptstadt betreffende Militärkonvention zu St. Cloud abgeschlossen.

Dies Gefecht bei Issy ging nun besonders hell auf vor Alberts Seele. Er besann sich auf Dinge, die, wie es ihn bedünken mußte, er während des Kampfs nicht bemerkt hatte, ja nicht bemerkt haben konnte. So trat ihm nun manches Gesicht einzelner Offiziere, einzelner Bursche in den lebendigsten Zügen vor Augen, und tief traf sein Gemüt der unnennbare Ausdruck nicht stolzer oder gefühlloser Todesverachtung, sondern wahrhaft göttlicher Begeisterung, der aus manches Auge strahlte. So hörte er Worte, bald zum Kampf ermutigend, bald mit dem letzten Todesseufzer ausgestoßen, die der Nachwelt hätten aufbewahrt werden müssen, wie die begeisternden Sprüche der Helden aus der antiken Heroenzeit.

Geht es mir, dachte Albert, nicht beinahe so wie dem, der beim Erwachen zwar seines Traumes gedenkt, sich aber erst mehrere Tage darauf aller einzelnen Züge desselben erinnert? – Ja, ein Traum, – nur ein Traum, sollte man meinen, könne, mit mächtigen Schwingen Zeit und Raum überfliegend, das Gigantische, Ungeheure, Unerhörte geschehen lassen, was sich begab während der verhängnisvollen achtzehn Tage dieses die kühnsten Gedanken, die gewagtesten Kombinationen des spekulierenden Geistes verspottenden Feldzuges. – Nein! – der menschliche Geist erkennt seine eigne Größe nicht; die Tat überflügelt den Gedanken! – Denn nicht die rohe physische Gewalt, nein, der Geist schafft Taten, wie sie geschehen sind, und es ist die psychische Kraft jedes einzelnen wahrhaft Begeisterten, die der Weisheit, dem Genius des Feldherrn zuwächst und das Ungeheure, nicht Geahnte vollbringen hilft! –

Bei diesen Betrachtungen wurde Albert durch seinen Reitknecht gestört, der ungefähr zwanzig Schritte hinter ihm zurückgeblieben und den er überlaut rufen hörte: "Ei der Tausend, Paul Talkebarth! wo kommst du daher des Weges?"

Albert wandte sein Pferd und gewahrte, wie der Reiter, der, von ihm nicht sonderlich beachtet, soeben vorbeigetrabt war, bei seinem Reitknecht stillhielt und die Backen der ansehnlichen Fuchsmütze, womit sein Haupt bedeckt, auseinanderschlug, so daß alsbald das ganze wohlbekannte, im schönsten Zinnober gleißende Antlitz Paul Talkebarths, des alten Reitknechts des Obristen Viktor von S**, zum Vorschein kam.

Nun wußte Albert auf einmal, was ihn so unwiderstehlich von Lüttich fortgetrieben nach Aachen, und er konnte es nur gar nicht begreifen, wie der Gedanke an Viktor, an seinen innigsten, geliebtesten Freund, den er wohl in Aachen vermuten mußte, nur dunkel in seiner Seele gelegen und zu keinem klaren Bewußtsein gekommen war.

Auch Albert rief jetzt: "Sieh da! Paul Talkebarth, wo kommst du her? – wo ist dein Herr?"

Paul Talkebarth kurbettierte aber sehr zierlich heran und sprach, die flache Hand vor der viel zu großen Kokarde der Fuchsmütze, militärisch grüßend: "Alle Donnerwetter, Paul Talkebarth, ja, das bin ich, mein gnädigster Herr Obristleutnant. – Böses Wetter hierzulande, Zermannöre (sur mon honneur)! Aber das macht die Kreuzwurzel. Die alte Liese pflegte das immer zu sagen – ich weiß nicht, ob Sie die Liese Pfefferkorn kennen, Herr Obristleutnant, sie wohnt in Genthin; wenn man aber in Paris gewesen ist und den Muffel im Schartinpland (jardin des plantes) gesehen hat... Nun, was man weit sucht, findet man nah, und ich halte hier vor dem gnädigen Herrn Obristleutnant, den ich suchen sollte in Lüttich. Meinem Herrn hats der Spirus familus (spiritus familiaris) gestern abend ins Ohr geraunt, daß der gnädige Herr Obristleutnant in Lüttich angekommen. Zackernamthö (sacre nom de Dieu), das war eine Freude! – Nun, es mag sein, wie es will; aber getraut habe ich dem Falben niemals. Ein schönes Tier, Zermannöre, aber pur kindisches Wesen, und die Frau Baronesse tat ihr möglichstes, das ist wahr. – Liebe Leute hierzulande, aber der Wein taugt nichts, und wenn man in Paris gewesen ist! – Nun, der Herr Obrist hätte ebensogut einziehen können wie einer durch den Argen Trumph (Arc de triomphe), und ich hätte dem Schimmel die neue Schabracke aufgelegt – Zacker, der hätte die Ohren gespitzt! – aber die alte Liese – es war meine Muhme in Genthin –, ja, die pflegte immer zu sagen... Ich weiß nicht, Herr Obristleutnant, ob Sie..."

"Daß die Zunge dir erlahme," unterbrach Albert den heillosen Schwätzer, "dein Herr ist in Aachen, so laß uns schnell vorwärts, wir haben noch über fünf Stunden Weges!"

"Halt," schrie Paul Talkebarth aus Leibeskräften, "halt, halt, gnä-digster Herr Obristleutnant, das Wetter ist schlecht hierzulande; aber Futter! wer solche Augen hat wie wir, die blitzen im Nebel..."

"Paul," rief Albert, "mache mich nicht ungeduldig, wo ist dein Herr? – nicht in Aachen?"

Paul Talkebarth lächelte dermaßen freudig, daß sein ganzes Ant-litz zusammenfuhr in tausend Falten wie ein nasser Handschuh, streckte dann den Arm weit aus, zeigte nach den Gebäuden hin, die hinter einem Gehölz auf einer sanft emporsteigenden Anhöhe sicht-bar wurden, und sprach: "Dort in jenem Schloß..." Ohne abzuwar-ten, was Paul Talkebarth noch Weiteres zu schwatzen geneigt, bog Albert ein in den Weg, der seitwärts von der Heerstraße ab nach dem Gehölz führte, und eilte fort im schärfsten Trab. – Nach dem wenigen, was gesprochen, muß der ehrliche Paul Talkebarth dem geneigten Leser als ein etwas wunderlicher Kauz erscheinen. Es ist nur zu sagen, daß er, Erbstück des Vaters, dem Obristen Viktor von S**, nachdem er Generalintendant und Maître des Plaisirs aller Spie-le und tollen Streiche seiner Kinderjahre und des ersten Jünglingsal-ters gewesen, von dem Augenblick an gedient hatte, als dieser zum ersten Mal den Offizierdegen umgeschnallt. Ein alter, sehr abson-derlicher Magister, der Hofmeister des Hauses zwei Generationen hindurch, vollendete durch alles, was er dem ehrlichen Paul Talke-barth an Unterricht und Erziehung zufließen ließ, die glücklichen Anlagen zu außerordentlicher Konfusion und seltener Eulenspie-gelei, womit diesen die Natur gar nicht karg ausgestattet. Dabei war letzterer die treueste Seele, die es auf der Welt geben kann. Bereit, für seinen Herrn jeden Augenblick in den Tod zu gehen, konnte weder hohes Alter noch sonst irgendeine Betrachtung den guten Paul abhalten, mit seinem Herrn im Jahre 1813 ins Feld zu ziehen. – Seine eisenfeste Natur ließ ihn alles Ungemach überstehen, aber weniger stark als sein körperliches bewies sein geistiges Naturell, das einen merklichen Stoß oder wenigstens einen besondern Schwung erhielt während seines Aufenthalts in Frankreich, vorzüglich in Paris. Paul Talkebarth fühlte nämlich nun erst, daß Herr Magister Sprengepilcus vollkommen recht gehabt, als er ihn ein großes Licht genannt, das einst noch gar hell leuchten werde. Dies Leuchten bemerkte Paul Talkebarth an der Gefügigkeit, mit der er in die Sitten eines fremdem Volkes eingegangen war und ihre Sprache erlernt hatte. Damit brüstete er sich nicht wenig und schrieb es nur seiner herrlichen Geistesfähigkeit zu, daß er oft, was Quartier und Nahrung betrifft, das erlangte, was zu erlangen unmöglich schien. – Paul Talkebarths herrliche französische Redensarten (einige angenehme Flüche hat der geneigte Leser bereits kennen gelernt) gingen, wo nicht durch die ganze Armee, doch wenigsten durch das Korps, bei dem sein Herr stand. Jeder Reiter, der auf einem Dorf ins Quartier kam, rief dem Bauer mit Paul Talkebarths Worten entgegen: "Pisang! – de Lavendes pur die Schewals (paysan, de l'avoine pour les chevaux)!"

So wie es exzentrischen Naturen überhaupt eigen, so mochte Paul Talkebarth nicht gern, daß irgend etwas auf die gewöhnliche, einfache Weise geschehe. Er liebte vorzüglich Überraschungen und suchte diese seinem Herrn auf alle nur mögliche Weise zu bereiten, der denn auch wirklich sehr oft überrascht wurde, wiewohl auf ganz andere Art, als es der ehrliche Talkebarth gewollt, dessen glücklichsten Pläne meistenteils in der Ausführung scheiterten. So bat er auch jetzt den Obristleutnant von B**, als dieser geradezu auf das Hauptportal des Landhauses losritt, flehentlichst, doch einen Umweg zu machen und von hinten in den Hof hineinzureiten, damit sein Herr ihn nicht eher gewahre, als bis er in die Stube getreten. – Albert mußte es sich gefallen lassen, über eine morastige Wiese zu reiten und vom emporspritzenden Schlamm gar übel zugerichtet zu werden, dann ging es über die gebrechliche Brücke eines Grabens. Paul Talkebarth wollte, seine Reiterkünste zeigend, geschickt herübersetzen, fiel aber mit dem Pferde bis an den Bauch hinein und wurde mit Mühe von Alberts Reitknecht wieder auf festen Boden gerettet. Nun gab er aber voll fröhlichen Mutes laut jauchzend dem Pferde die Sporen und sprengte mit wildem Hussa hinein in den Hof des Landhauses. Da aber gerade alle Gänse, Enten, Puter, Hähne und Hühner der Wirtschaft versammelt waren, um zur Ruhe gebracht zu werden, da ferner von der einen Seite eine Herde Schafe, von der andern eine Herde jeder Tiere, in die unser Herr einst den Teufel bannte, hereingetrieben wurde, so kann man denken, daß Paul Talkebarth, der, des Pferdes nicht recht mächtig, willkürlos in großen Kreisen auf dem Hofe umhergalloppierte, nicht geringe Verwüstungen in dem Hausstande anrichtete. Unter dem gräßlichen Lärm des quiekenden, schnatternden, blökenden, grunzenden Viehes, der bellenden Hofhunde, der keifenden Mägde hielt Albert seinen glorreichen Einzug, indem er den ehrlichen Paul Talkebarth mit samt seinem Überraschungsprojekt zum Teufel wünschte.

Schnell schwang sich Albert vom Pferde und trat hinein in das Haus, das, ohne allen Anspruch auf Schönheit und Eleganz, doch ganz wirtlich sich ausnahm und bequem und geräumig genug schien. Auf der Treppe trat ihm ein nicht zu großer, wohlgenährter Mann mit braunrotem Gesicht, in einem kurzen grauen Jagdrock entgegen, der mit süßsauerm Lächeln fragte: "Einquartiert?" An dem Tone, mit dem der Mann dies Wort aussprach, erkannte Albert sogleich, daß der den Herrn des Hauses, mithin, wie er es von Paul Talkebarth wußte, den Baron von E** vor sich habe. Er versicherte, daß er keineswegs einquartiert, daß es vielmehr nur seine Absicht sei, seinen innigsten Freund, den Obristen Viktor von S**, der sich hier befinden solle, zu besuchen und daß er die Gastfreundschaft des Herrn Barons nur für diesen Abend und die Nacht in Anspruch nehme, da er des andern Morgens in aller Frühe wieder aufzubrechen gedenke.

Des Barons Gesicht heiterte sich merklich auf, und der volle Sonnenschein, der gewöhnlich auf diesem gutmütigen, aber etwas zu breiten Antlitz zu liegen schien, kehrte ganz wieder, als, die Treppe mit dem Baron hinaufsteigend, Albert fallen ließ, daß wahrscheinlich gar keine Truppenabteilung des Armeekorps, welches gerade auf dem Marsche befindlich, diese Gegend berühren werde.

Der Baron öffnete eine Türe; Albert trat in einen freundlichen Saal und erblickte Viktor, der den Rücken ihm zugewendet saß. – Viktor drehte sich auf das Geräusch hin um, sprang auf und fiel mit einem lauten Ausruf der Freude dem Obristleutnant in die Arme. "Nicht wahr, Albert, du gedachtest meiner in der vorigen Nacht? – Ich wußte es, mein innerer Sinn sagte es mir, daß du dich in Lüttich befändest in demselben Augenblick, als du hineingeritten! – Alle meine Gedanken figierte ich auf dich, meine geistigen Arme umfaßten dich; du konntest mir nicht entrinnen!" –

Albert gestand, daß ihn wirklich, wie es der geneigte Leser bereits weiß, dunkle Träume, die nur zu keiner deutlichen Gestaltung kommen konnten, von Lüttich fortgetrieben.

"Ja," rief Viktor ganz begeistert, "ja, es ist kein Wahn, keine leere Einbildung; sie ist uns gegeben, die göttliche Kraft, die, über Zeit und Raum gebietend, das Übersinnliche kundtut in der Sinnenwelt!" –

Albert wußte nicht recht, was Viktor meinte, so wie ihm überhaupt das Betragen des Freundes, das ganz außer seiner gewöhnlichen Weise lag, auf einen gespannten, überreizten Zustand zu deuten schien. – Indessen war die Frau, die neben Viktor vor dem Kamin gesessen, aufgestanden und hatte sich den Freunden genähert. Albert verbeugte sich gegen sie, indem er Viktor mit fragendem Blick anschaute. "Die Frau Baronesse Aurora von E**," sprach dieser, "meine liebe gastfreundliche Wirtin, meine treue, sorgsame Pflegerin in Krankheit und Ungemach!" –

Albert überzeugte sich, indem er die Baronesse anschaute, daß die kleine rundliche Frau noch nicht das vierzigste Jahr erreicht haben könne, daß sie sonst wohl sehr fein gebaut gewesen sein müsse, daß aber die nährende Landkost, und viel Sonnenschein dazu, die Formen des Körpers ein wenig zu sehr über die Schönheitslinie hinausgetrieben, welches sogar dem niedlichen, noch frisch genug blühenden Antlitz Eintrag tue, dessen dunkelblaue Augen sonst wohl manchem gefährlich genug ins Herz gestrahlt haben mochten. Den Anzug der gnädigen Frau fand Albert beinahe zu wirtlich, indem das Zeug des Kleides, blendend weiß, zwar die Vortrefflichkeit des Waschhauses und der Bleiche, zugleich aber auch die niedrige Stufe der Industrie bewies, auf der die eigne

Spinnstube und Weberei noch stehen mußten. Ein grell-buntes baumwollnes Tuch, nachlässig um den Nacken geschlagen, so daß der weiße Hals sichtbar genug, erhöhte eben nicht den Glanz des Anzugs. Was aber sehr verwunderlich ausnahm, war, daß die Baronesse an den kleinen Füßchen die zierlichsten seidnen Schuhe, auf dem Kopfe aber ein allerliebstes Spitzenhäubchen nach dem neuesten Pariser Zuschnitt trug. Erinnerte dieses Häubchen nun zwar den Obristleutnant an eine niedliche Grisette, die ihm einst der Zufall in Paris zuführte, so glitten ihm doch eben deshalb eine Menge ungemein artiger Redensarten über die Lippen, in denen er seine plötzliche Erscheinung entschuldigte. Die Baronesse unterließ nicht, diese Artigkeiten gehörig zu erwidern. Unaufhaltsam floß, nachdem sie den Mund geöffnet, der Strom ihrer Rede, bis sie endlich darauf kam, daß man einen so lieben Gast, den Freund des dem Hause so treuen Obristen, gar nicht sorglich genug bewirten könne. Auf die hastig gezogene Klingel und den gellenden Ruf: Mariane, Mariane! erschien ein altes grämliches Weib, dem großen Schlüsselbunde nach zu urteilen, der ihr am Gürtel hing, die Haushälterin. Mit dieser und dem Herrn Gemahl wurde nun überlegt, was Schönes und Schmackhaftes bereitet werden könne; es fand sich aber, daß alles Leckere, z.B. Wildbret und dergleichen, entweder schon verzehrt oder erst morgen anzuschaffen möglich sei. Mühsam seinen Unmut unterdrückend, versicherte Albert, daß man ihn nötigen werde, augenblicklich in der Nacht wieder aufzubrechen, wenn man seinethalben nur im mindesten die Ordnung des Hauses störe. Ein wenig kalte Küche, ein Butterbrot genüge ihm zum Nachtessen. Es sei unmöglich, erwiderte die Baronesse, daß der Obristleutnant sich nach dem scharfen Ritt in dem rauhen, unfreundlichen Wetter behelfen solle, ohne irgend etwas Warmes zu genießen; und nach langen Beratungen mit Marianen wurde die Bereitung eines Glühweins als ausführbar anerkannt und beschlossen. Mariane entwich klirrend und klappernd durch die Türe; doch in dem Augenblick, als man Platz nehmen wollte, wurde die Baronesse herausgerufen von einer bestürzten Hausmagd. Albert vernahm, daß vor der Türe der Baronesse vollständiger Bericht erstattet wurde von der entsetzlichen Verheerung, die Paul Talkebarth angerichtet hatte; dann folgte die nicht unansehnliche Liste sämtlicher Toten, Verwundeten und Vermißten. Der Baron lief der Baronesse hinterher, und während draußen die Baronesse schalt und schmälte, der Baron den ehrlichen Paul Talkebarth dorthin wünschte, wo der Pfeffer wächst, und die Dienerschaft in ein allgemeines Lamento ausbrach, erzählte Albert kürzlich seinem Freunde, was sich mit Paul Talkebarth auf dem Hofe begeben. "Solche Streiche," rief Viktor ganz unmutig, "solche Streiche macht nun der alte Eulenspiegel, und dabei meint es der Schlingel so aus Herzensgrunde gut, daß man ihm nie etwas anhaben kann." –

In dem Augenblick wurde es draußen ruhiger; die Großmagd hatte die glückselige Nachricht gebracht, daß Hans Gucklick bloß sehr erschrocken gewesen, daß er aber sonst ohne allen Schaden abgekommen und gegenwärtig mit Appetit fresse.

Der Baron kehrte zurück mit heitrer Miene, wiederholte zufrieden, daß Hans Gucklick verschont worden von dem wilden, Menschenleben nicht achtenden Paul Talkebarth und nahm Gelegenheit, sich sehr weitläufig über den landwirtschaftlichen Nutzen der Hühnerzucht zu verbreiten. Hans Gucklick, der bloß sehr erschrocken und weiter nicht beschädigt, war nämlich der alte, allgemein geschätzte Haushahn, schon seit Jahren der Stolz und Schmuck des ganzen Hühnerhofes.

Auch die Baronesse trat wieder herein, jedoch nur, um sich mit einem großen Schlüsselbunde zu bewaffnen, das sie aus einem Wandschrank nahm. Schnell eilte sie wieder von dannen, und nun hörte Albert, wie beide, Hausfrau und Haushälterin, treppauf, treppab klapperten und klirrten, dabei erschallten die gellenden Stimmen gerufener Mägde, und aus der Küche herauf erklang die angenehme Musik von Mörser und Reibeisen. – ‚Gott im Himmel,' dachte Albert, ‚wäre der General eingezogen mit dem ganzen Hauptquartier, mehr Lärm könnte es nicht geben, als meine unglücklichste Tasse Glühwein zu verursachen scheint!' –

Der Baron, der von der Hühnerzucht übergegangen zur Jagd, war mit der verwickelten Erzählung von einem sehr schönen Hirsch, der sich blicken lassen und den er nicht geschossen, noch nicht völlig zu Ende, als die Baronesse wieder in den Saal trat, hinter ihr aber niemand anders als Paul Talkebarth, der in zierlichem Porzellangeschirr den Glühwein herbeitrug. "Nur alles hierher gestellt, mein guter Paul", sprach die Baronesse sehr freundlich, welches Paul Talkebarth mit einem unbeschreiblich süßen: "A fu zerpire, Madame!" erwiderte. – Die Manen der auf dem Hofe Erschlagenen schienen versöhnt und alles verziehen.

Man setzte sich nun erst wieder ruhig zueinander. Die Baronesse begann, nachdem sie das Getränk den Freunden kredenzt, an einem ungeheuern wollnen Strumpf zu stricken, und der Baron nahm Gelegenheit, sich weitläuftig über die Art des Gestricks, das bestimmt sei, auf der Jagd getragen zu werden, auszulassen. Währenddessen ergriff er die Kanne, um sich auch eine Tasse Glühwein einzuschenken. "Ernst!" rief ihm die Baronesse mit strafendem Tone zu: augenblicklich stand er von seinem Vorhaben ab und schlich an den Wandschrank, wo er ganz im stillen ein Schnäpschen genoß. – Albert nutzte diesen Augenblick, um endlich den langweiligen Gesprächen des Barons ein Ziel zu setzen, indem er angelegentlich nach seines Freundes Tun und Treiben forschte. Viktor meinte dagegen, daß es noch Zeit genug geben werde, mit zwei Worten zu sagen, was sich während der Zeit, als sie getrennt, mit ihm begeben, daß er es aber gar nicht erwarten könne, aus Alberts Munde alles Denkwürdige von den gewaltigen Ereignissen der letzten verhängnisvollen Zeit zu vernehmen. Die Baronesse versicherte lächelnd, daß sich nichts hübscher anhören lasse als Geschichten von Krieg, Mord und Totschlag. Auch der Baron, der sich wieder zur Gesellschaft gesetzt, meinte, daß er gar zu gern von Schlachten erzählen höre, wo es recht blutig hergegangen, da ihn dies immer an seine Jagdpartien erinnere. Er stand im Begriff, wieder einzubiegen in die Geschichte von dem nicht geschossenen Hirsch. Doch Albert unterbrach ihn, indem er vor innerm Unmut laut auflachend versicherte, daß zwar auf der Jagd auch scharf geschossen werde; übrigens aber die Einrichtung nicht übel sei, daß die Hirsche, Rehe, Hasen usw., deren Blut es koste, nicht wieder schössen.

Albert fühlte sich von dem Getränk, das er genossen und das er von edlem Wein ganz vortrefflich bereitet gefunden, durch und durch erwärmt, und dies körperliche Wohlbehagen wirkte wohltätig auf sein geistiges und schlug den Mißmut völlig nieder, der ihn in der unheimischen Umgebung ergriffen. – Vor Viktors Augen entfaltete er nun das ganze schauerlich erhabene Gemälde jener furchtbaren Schlacht, die auf einmal alle Hoffnungen des geträumten Weltherrschers vernichtete. mit der glühensten Begeisterung schilderte Albert den unbezwingbaren Löwenmut jener Bataillone, die zuletzt das Dorf Planchenoit erstürmten, und schloß mit den Worten: "O Viktor! – Viktor! wärst du dabei gewesen, hättest du mit mir gefochten!" –

Viktor war dicht an den Stuhl der Baronesse gerückt, hatte den ansehnlichen Knäuel Wolle, als er von dem Schoß der Baronesse herabgekugelt, ergriffen und spielte damit in seinen Händen, so daß die emsige Strickerin genötigt war, den Faden zwischen Viktors Fingern hindurchzuziehen und es nicht wohl vermeiden konnte, öfters mit den überlangen Stricknadeln seinen Arm zu treffen. Bei jenen, mit erhöhter Stimme ausgesprochenen Worten Alberts schien Viktor plötzlich wie aus einem Traum zu erwachen. Er blickte seinen Freund an mit seltsamem Lächeln und sprach halbleise: "Ja, mein teurer Albert, es ist nur zu wahr, was du sagst! Der Mensch fängt sich oft selbst ganz früh in Schlingen, deren gordischen Knoten erst der Tod gewaltsam zerreißt! – Was aber die Teufelsbeschwörungen überhaupt betrifft, so ist das kecke Rufen des eignen furchtbaren Geistes wohl die bedrohlichste, die es geben mag. – Doch hier schläft schon alles!" –

Viktors unverständliche, geheimnisvolle Worte bewiesen hinlänglich, daß er nicht eine Silbe von dem vernommen, was Albert gesprochen, sondern sich vielmehr die ganze Zeit über Träumen überlassen, die noch dazu von gar seltsamer Natur sein mußten.

Man kann denken, daß Albert vor Befremden verstummte. Nun bemerkte er auch, um sich blickend, erst, daß dem Hausherrn, der mit vor dem Bauch gefalteten Händen in der Lehne des Sessels zurückgesunken, das müde Haupt auf der Brust lag und daß die Baronesse, mit festgeschlossenen Augen, nur wie ein aufgezogenes Uhrwerk mechanisch fortstrickte.

Albert sprang schnell und mit Geräusch auf; doch in demselben Augenblick erhob sich auch die Baronesse und näherte sich ihm mit einem Anstande, der so frei, edel und anmutig zugleich war, daß Albert nichts mehr von der kleinen, genährten, beinahe drolligen Figur sah, sondern die Baronesse in ein anderes Wesen verwandelt glaubte. "Verzeihen Sie," sprach sie dann mit süßem Wohllaut, indem sie Alberts Hand faßte, "verzeihen Sie es, Herr Obristleutnant, der vom Anbruch des Tages an beschäftigten Hausfrau, wenn sie am Abend der Ermüdung nicht zu widerstehen vermag, und wird auch zu ihr auf das herrlichste von den herrlichsten Dingen gesprochen; dasselbe mögen Sie dem rüstigen Jäger verzeihen. Es ist unmöglich, daß Sie sich nicht darnach sehnen sollten, mit Ihrem Freunde allein zu sein und sich recht aus dem Herzen auszusprechen, und da ist jeder Zeuge lästig. Gewiß wird es Ihnen gemütlich scheinen, mit Ihrem Freunde allein das Nachtessen einzunehmen, das ich in seinen Zimmern bereiten lassen."

Gelegener konnte Albert kein Vorschlag sein. Auf der Stelle beurlaubte er sich in den höflichsten Ausdrücken bei der freundlichen Wirtin, der er jetzt das Schlüsselbund, den Jammer über den erschrockenen Hans Gucklick sowie den Strickstrumpf nebst dem Einnicken von Herzen verzieh.

"Lieber Ernst!" rief die Baronesse, als die Freunde sich bei dem Baron empfehlen wollten; da dieser aber statt aller Antwort sehr vernehmlich rief: "Huß-Huß-Tyras-Waldmann-Allons!" und das Haupt auf die andere Seite hängen ließ, so mochte man ihn in seinen süßen Träumen nicht weiter stören. –

"Sage," rief Albert, als er sich mit Viktor allein befand, "sage, was ist mit dir vorgegangen? – Doch – erst laß uns essen, denn mich hungert, und in der Tat, es scheint hier mehr vorhanden als das bescheiden gewünschte Butterbrot."

Der Obristleutnant hatte recht; denn er fand einen gar zierlich gedeckten, mit den leckersten kalten Speisen besetzten Tisch, dessen vorzüglichste Zierde ein Bayonner Schinken und eine Pastete von roten Rebhühnern schien. Paul Talkebarth meinte, als Albert sein Wohlbehagen äußerte, schalkisch lächelnd, daß, wenn er nicht gewesen wäre und der Jungfer Mariane alles gesteckt hätte, was der Herr Obristleutnant gern genieße, als Suppenfink (souper fin) – aber noch könne er es der Muhme Liese nicht vergessen, daß sie an seinem Hochzeitstage den Reisbrei verbrannt, und er sei nun Witwer seit dreißig Jahren, und man könne nicht wissen, denn Ehen würden im Himmel geschlossen, und Jungfer Mariane – doch die gnädige Frau Baronesse habe ihm das Beste selbst zugestellt, nämlich einen ganzen Korb mit Sellerie für die Herrn. – Albert wußte nicht recht, wozu ihm die unbillige Menge Gemüse aufgetischt werden sollte, war dann aber sehr zufrieden, als Paul Talkebarth den Korb, der nichts anders enthielt als sechs Flaschen des schönsten Vin de Sillery, herbeitrug.

Während Albert es sich nun recht wohlschmecken ließ, erzählte Viktor, wie er auf das Gut des Barons von E** gekommen. Die der stärksten Natur öfters unverwindlichen Strapazen des ersten Feldzuges (1813) hatten Viktors Gesundheit zerrüttet. Die Bäder in Aachen sollten ihn herstellen, und er befand sich gerade dort, als Buonapartes Flucht von Elba die Losung gab zum neuen blutigen Kampf. Als man sich zum Feldzug rüstete, erhielt Viktor von der Residenz aus die Weisung, sich, sollte es sein Gesundheitszustand erlauben, zu der Armee an den Niederrhein zu begeben; das waltende Schicksal erlaubte ihm aber statt dessen nur einen Ritt von vier bis fünf Stunden. Gerade vor dem Tor des Landhauses, in dem sich jetzt die Freunde befanden, wurde Viktors Pferd, sonst das sicherste, furchtloseste Tier von der Welt, geprüft in dem wildesten Getöse der Schlacht, plötzlich scheu, bäumte sich, und Viktor stürzte herab, wie er selbst sagte, gleich einem Schulknaben, der zum ersten Mal ein Roß bestiegen. Besinnungslos lag er da, indem das Blut einer bedeutenden Kopfwunde entströmte, die er sich an einem scharfen Stein geschlagen. Man brachte ihn in das Haus, und hier mußte er, da jeder Transport gefährlich schien, seine Genesung abwarten, die noch jetzt nicht ganz vollendet schien, da ihn, unerachtet die Wunde längst geheilt war, noch Fieberanfälle ermatteten. Viktor ergoß sich in den wärmsten Lobeserhebungen rücksichts der sorglichsten Wartung und Pflege, welche ihm die Baronesse angedeihen lassen.

"Nun," rief Albert laut auflachend, "nun, in der Tat, darauf war ich nicht gefaßt, wunder denk ich, was du mir Außerordentliches erzählen wirst, und am Ende läuft es auf eine, nimm mirs nicht übel, etwas einfältige Geschichte hinaus, wie sie in hundert abgedroschenen Romanen zu finden, so daß sie kein Mensch mehr selbst mit Anstand erleben kann. – Der wunde Ritter wird ins Schloß getragen, die Herrin des Hauses pflegt ihn – und der Ritter wird zum zärtlichen Amoroso! – Denn Viktor, daß du deinem bisherigen Geschmack, ja deiner ganzen Lebensweise zum Trotz dich plötzlich in eine ältliche, dicke Frau verliebt hast, die so häuslich und wirtschaftlich ist, daß man darüber des Teufels werden möchte, daß du noch dazu den sehnsüchtigen, schmachtenden Jüngling spielst, der, wie es irgendwo heißt, seufzet wie ein Ofen und Lieder macht auf seiner Liebsten Brauen – nun, das alles will ich am Ende auch noch für Krankheit halten! – Das einzige, was dich einigermaßen entschuldigen könnte und dich poetisch darstellen, wäre der spanische Infant im ‚Arzt seiner Ehre', der, gleiches Schicksal mit dir teilend, an dem Tor des Landhauses der Donna Menzia auf die Nase fiel und am Ende die Geliebte fand, die ihm unbewußt..." "Halt," rief Viktor, "halt! – glaubst du denn nicht, daß ich es vollkommen einsehe, begreife, wenn ich dir als ein ganz alberner Geck vorkommen muß? – Doch! es ist hier noch etwas andres, Geheimnisvolles im Spiel. – Nun laß uns trinken!" –

Der Wein und Alberts lebendiges Gespräch hatten Viktorn wohltätig angeregt; er schien erwacht aus düstrer Träumerei. Als nun aber endlich Albert, das volle Glas erhebend, sprach: "Nun, Viktor, teurer Infant, Donna Menzia soll leben und aussehen wie unsere kleine dicke Hausfrau!" da rief Viktor lachend: "Nein, ich kann es doch nicht ertragen, daß du mich für einen Gecken halten mußt! – Ich fühle mich im Innersten heiter und aufgelegt, dir alles zu sagen, alles zu beichten! – Du mußt es dir aber gefallen lassen, von einer ganz eignen Periode meines Lebens, die in meine Jünglingsjahre fällt, zu hören, und es ist möglich, daß die halbe Nacht darüber vergeht."

"Erzähle," erwiderte Albert, "denn ich gewahre, daß noch hinlänglicher Wein vorhanden, um die etwa sinkenden Lebensgeister aufzufrischen. – Wär es nur nicht so entsetzlich kalt im Saal und ein Verbrechen, jetzt noch jemanden von den Hausleuten aufzustören."

"Sollte," sprach Viktor, "sollte Paul Talkebarth nicht dafür gesorgt haben?" – Wirklich versicherte dieser, in seiner bekannten französischen Mundart höflich fluchend, daß er das vortrefflichste Holz selbst klein zugeschnitten und bewahrt habe zum köstlichsten Kaminfeuer, welches er sogleich anfachen werde. – "Es ist nur gut," sagte Viktor, "daß es mir hier nicht so gehen kann, wie einst bei einem Drogeriehändler in Meaux, wo der ehrliche Paul Talkebarth mir ein Kaminfeuer angemacht, das wenigstens zwölfhundert Franken kostete. Der Gute hatte Sandel-Brasilienholz ergriffen, zerhackt und in den Kamin gesteckt, so daß ich mir beinahe vorkam wie

Andalosia, des bekannten Herrn Fortunatus berühmter Sohn, dessen Koch das Feuer von Spezereien anschüren mußte, als der König verbot, ihm Holz zu verkaufen."

"Du weißt," fuhr Viktor fort, als das Feuer lustig knisterte und flammte und Paul Talkebarth sich aus dem Zimmer entfernt hatte, "du weißt, mein teurer Freund Albert, daß ich meine militärische Laufbahn bei der Garde in Potsdam begann, sonst aber von meiner Jünglingszeit wohl wenig mehr als das, da es nie besondere Gelegenheit gab, davon zu reden; mehr aber noch, weil das Bild jener Jahre nur in halbverwischten Zügen vor meiner Seele stand und erst hier wieder in hellen Farben aufleuchtete. – Meine erste Erziehung in meines Vaters Hause kann ich nicht eben schlecht nennen. Ich hatte eigentlich gar keine; man überließ mich meinen Neigungen, und gerade diese schienen nichts weniger darzutun, als meinen Beruf zu den Waffen. Offenbar fühlte ich mich zu wissenschaftlicher Bildung hingezogen, die mir der alte Magister, der mein Hofmeister sein sollte und der froh war, wenn man ihn nur in Ruhe ließ, nicht geben konnte. Erst in Potsdam gewann ich mit Leichtigkeit Kenntnis neuerer Sprachen, sowie ich die dem Offizier nötigen Studien mit Eifer trieb und Erfolg. Außerdem las ich mit einer Art von Wut alles, was mir in die Hände kam, ohne Auswahl, ohne Rücksicht auf Nützlichkeit; indessen erhielt ich doch, da mein Gedächtnis vortrefflich, eine Menge historischer Kenntnisse, selbst wußte ich nicht wie. – Man hat mir später die Ehre angetan, zu behaupten, es säße ein poetischer Geist in mir, den ich nur selbst nicht recht anerkennen wollte; gewiß ist es aber, daß mich die Meisterwerke der großen Dichter jener Periode in einen Zustand der Begeisterung versetzten, von dem ich keine Ahnung gehabt; ich erschien mir selbst als ein anderes Wesen, das nur erst sich entwickelt zum regen Leben. – Ich will nur ,Werthers Leiden', vorzüglich aber Schillers ,Räuber' nennen. Einen ganz andern Schwung aber gab meiner Phantasie ein Buch, das gerade deshalb, weil es nicht vollendet ist, dem Geist einen Stoß gibt, so daß er rastlos fortarbeiten muß in ewigen Pendelschwingungen. – Ich meine Schillers ,Geisterseher'. Mag es sein, daß der Hang zum Mystischen, zum Wunderbaren, der überhaupt tief in der menschlichen Natur begründet ist, stärker bei mir vorwaltete; genug, als ich jenes Buch gelesen, das die Beschwörungsformeln der mächtigsten schwarzen Kunst selbst zu

21

enthalten scheint, hatte sich mir ein magischer Reich voll überirdischer oder besser unterirdischer Wunder erschlossen, in dem ich wandelte und mich verirrte wie ein Träumer. Einmal in diese Stimmung geraten, verschlang ich mit Begierde alles, was nur zu jener Stimmung sich hinneigte, und selbst Werke von weit geringerem Gehalt verfehlten keineswegs ihre Wirkung. So machte auch der ,Genius' von Große auf mich einen tiefen Eindruck, und ich darf mich auch jetzt dessen keineswegs schämen, da wenigstens der erste Teil, dessen größere Hälfte in den Schillerschen ,Horen' abgedruckt stand, der Lebendigkeit der Darstellung und auch wohl der geschickten Behandlung des Stoffs halber, die ganze literarische Welt in Bewegung setzte. Manchen Arrest mußte ich dulden, wenn ich auf der Wache, in solch ein Buch oder auch nur in meine mystischen Träume vertieft, das Herausrufen überhört hatte und erst vom Unteroffizier geholt werden mußte. Gerade in dieser Zeit brachte mich der Zufall einem sehr seltsamen Manne näher. – Es begab sich nämlich, daß ich an einem schönen Sommerabend, als die Sonne schon gesunken und die Dämmerung eingebrochen, in der Gegend eines Lustorts vor Potsdam einsam, wie es meine Gewohnheit war, lustwandelte. Da schien es mir, als vernähme ich aus dem Dickicht eines kleinen Wäldchens, das seitwärts ab vom Wege lag, dumpfe Klagetöne und dazwischen in einer mir unbekannten Sprache heftig ausgestoßene Reden. Ich glaubte jemanden hilfsbedürftig, eilte hin nach der Stelle, von woher die Laute zu kommen schienen, und gewahrte bald in dem Schimmer des Abendrots eine große, breitschultrige Figur, die, in einen gemeinen Soldatenmantel gehüllt, auf dem Boden ausgestreckt lag. Ganz nahe hinzugetreten, erkannte ich zu meinem nicht geringen Erstaunen den Major O'Malley von den Grenadieren. ,Mein Gott', rief ich aus, ,sind Sie es, Herr Major? – in diesem Zustande? – Sind Sie krank – kann ich helfen?' Der Major betrachtete mich mit starrem, wildem Blick und sprach dann mit barschem Ton: ,Welcher Teufel führt Euch her, Leutnant? Was kümmert es Euch, ob ich hier liege oder nicht, schert Euch nach der Stadt!' – Die Leichenblässe, die auf O'Malleys Gesicht lag, die ganze Art, wie ich ihn fand, ließ mich indessen Unheimliches ahnen, und ich erklärte, daß ich ihn durchaus nicht verlassen, sondern nur mit ihm zusammen nach der Stadt zurückkehren würde. ,So?' sprach der Major ganz gelassen und kalt, nachdem er einige Augenblicke geschwiegen, und versuchte sich aufzuraffen, worin ich ihm, da es ihm schwer zu werden schien, beistand. Ich bemerkte nun, daß er, wie er es oft tat, wenn er noch des Abends sich hinaus ins Freie machte, bloß über das Hemde, ohne weiter angekleidet zu sein, einen gemeinen sogenannten Kommißmantel geworfen, dazu aber Stiefeln angezogen und den Offiziershut mit breiter goldner Tresse auf das kahle Haupt gedrückt hatte. Eine Pistole, die auf der Erde neben ihm gelegen, ergriff er schnell und steckte sie, um sie meinen Blicken zu entziehen, in die Tasche des Mantels. Auf dem ganzen Wege nach der Stadt sprach der keine Silbe mit mir, sondern stieß nur dann und wann abgebrochene Reden aus in seiner Muttersprache (er war Irländer von Geburt), die ich nicht verstand. Vor seinem Quartier angekommen, drückte er mir die Hand und sprach mit einem Ton, der in der Tat etwas Unbeschreibliches, nie Gehörtes hatte, so daß er heute noch in meiner Seele wiederklingt: ‚Gute Nacht, Leutnant! – Der Himmel beschütze Euch und gebe Euch gute Träume!' – Dieser Major O'Malley war wohl einer der allerwunderlichsten Menschen, die es geben kann, und rechne ich vielleicht ein paar etwas exzentrische Engländer ab, die mir vorgekommen, so wüßte ich keinen Offizier in der ganzen großen Armee, der in der äußeren Erscheinung mit O'Malley zu vergleichen. Ist es wahr, was viele Reisende behaupten, daß die Natur sich eben nirgends solch ganz besonderer Prägstöcke bedient als in Irland, weshalb denn jede Familie die artigsten Kabinettstückchen aufzuweisen hat, so konnte der Major O'Malley billigerweise für einen Prototypus einer ganzen Nation gelten. Denke dir einen baumstarken Mann von sechs Fuß Höhe, dessen Bau man gerade nicht ungeschickt nennen kann, aber kein Glied paßt zum andern, und die ganze Figur scheint zusammengewürfelt wie in jenem Spiel, in dem Figuren aus einzelnen Teilen, deren Nummer die Würfel bestimmen, zusammengefügt werden. Die Adlernase, die fein geschlitzten Lippen würden das Antlitz zum Edlen erheben; aber sind die hervorstehenden Glasaugen beinahe widrig, so tragen die hohen, buschigen schwarzen Augenbrauen den Charakter der komischen Maske. – Sehr seltsam hatte des Majors Antlitz etwas Weinerliches, wenn er lachte, wiewohl das selten geschah; dagegen war es, als ob er lache, wenn ihn die Wut des wildesten Zorns übermannte: Aber dieses Lachen hatte etwas Grauenhaftes, daß die ältesten, im Gemüt handfestesten Bursche sich davor entsetzten. Ebenso selten als O'Malley lachte, ebenso selten ließ er sich aber auch hinreißen vom Zorn. Ganz unmöglich schien es, daß dem Major jemals hätte eine Uniform passen sollen. Die Kunst des geschicktesten Regimentsschneiders scheiterte an des Majors unförmlicher Gestalt; der nach dem genauesten Maß zugeschnittene Rock schlug schnöde Falten, hing ihm am Leibe, als sei er aufgehängt zum Ausbürsten, während der Degen an den Beinen schlotterte und der Hut in so seltsamer Richtung auf dem Kopfe saß, daß man schon auf hundert Schritte den militärischen Schismatiker erkannte. Was aber bei der pedantischen Formkrämerei jener Zeit ganz unerhört scheinen mußte: O'Malley trug – keinen Zopf. Freilich möchte auch dieser an den wenigen grauen Löckchen, die sich am Hinterhaupte kräuselten, schwer gehaftet haben, da sonst der Kopf völlig haarlos war. Ritt der Major, so glaubte man, er müsse jeden Augenblick vom Pferde fallen, focht er, jeden Augenblick vom Gegner getroffen werden; und doch war er der beste Reiter, Fechter, überhaupt der geübteste, gewandteste Gymnastiker, den es nur geben konnte. – So viel, um dir das Bild eines Mannes zu geben, dessen ganzes Streben geheimnisvoll zu nennen, da er bald bedeutende Summen wegwarf, bald hilfsbedürftig erschien und, jeder Kontrolle seiner Obern, jedem Dienstzwang entzogen, durchaus tat, was er wollte. Eben das, was er wollte, war aber meistenteils so exzentrisch oder vielmehr so spleenisch toll, daß man um seinen Verstand besorgt werden konnte. – Man sprach davon, daß der Major zu einer gewissen Zeit, in welcher Potsdam mit seinen Umgebungen der Schauplatz seltsamer, in die Geschichte des Tages eingreifender Mystifikationen war, eine wichtige Rolle gespielt habe und noch in Verbindungen stehe, die das Unbegreifliche seiner Stellung erzeugten. – Ein sehr verrufenes Buch, das damals (irr ich nicht, unter dem Titel ,Exkorporationen') erschien und in welchem man das Bild eines Mannes fand, das dem Major ähnlich, nährte jenen Glauben; und auch ich, von dem mystischen Inhalt jenes Buches angeregt, fühlte mich desto mehr geneigt, O'Malley für eine Art Armenier zu halten, je länger und näher ich sein wunderliches, wohl könnt ich sagen, spukhaftes Treiben beobachtete. Dazu gab er mir nämlich selbst Gelegenheit, indem er seit jenem Abende, als ich ihn krank oder auf andere Weise erschüttert im Walde antraf, eine ganz besondere Zuneigung zu mir gewonnen hatte, so daß es ihm Bedürfnis schien, mich täglich zu sehen. – Dir die ganz absonderliche Art dieses Umgang zu beschreiben, dir manches zu erzählen, was das Urteil der Burschen, welche keck behaupteten, der Major sei ein Doppelgänger und stehe überhaupt mit dem Teufel im Bunde, vollkommen zu rechtfertigen schien, alles dessen bedarf es nicht, da du bald den unheimlichsten Geist, der bestimmt war, auf verstörende Weise einzugreifen in mein Leben, hinlänglich kennen lernen wirst.

Ich hatte die Schloßwache, und dort besuchte mich mein Vetter, der Hauptmann von T**, der noch mit einem jungen Offizier aus Berlin nach Potsdam gekommen. Im traulichen Gespräch saßen wir beim Glase Wein, als, beinahe war es schon Mitternacht, der Major O'Malley eintrat. ‚Ich glaubte Euch allein, Leutnant', sprach er, indem er meine Gäste verdrießlich anblickte, und wollte sich wieder entfernen. Der Hauptmann erinnerte ihn daran, daß sie ja alte Bekannte wären, und auf mein Bitten ließ O'Malley es sich gefallen, bei uns zu bleiben.

‚Euer Wein,' rief O'Malley, als er ein Glas nach seiner Weise schnell hinuntergestürzt, ‚Euer Wein, Leutnant, ist der schnödeste Krätzer, der je eines ehrlichen Kerls Gedärme zerrissen; laßt sehen, ob dieser hier von einer besseren Sorte!'

Damit holte er aus der Tasche des Kommißmantels, den er über das Hemde gezogen, eine Flasche und schenkte ein. Wir fanden den Wein vortrefflich und hielten ihn für einen vorzüglich feurigen Ungar.

Selbst weiß ich nicht, wie sich das Gespräch auf magische Operationen und zuletzt auf jenes verrufene Buch wandte, dessen ich zuvor gedachte. Dem Hauptmann war, vorzüglich wenn er Wein getrunken, ein gewisser spöttelnder Ton eigen, den nicht jeder gut vertragen mag. In diesem Tone begann er von militärischen Geisterbannern und Hexenmeistern zu sprechen, die zu jener Zeit allerliebste Dinge zustande gebracht, wofür man ihrer Macht noch jetzt huldigen und Opfer bringen müsse. ‚Wen meint', rief O'Malley mit dröhnender Stimme, ‚wen meint Ihr, Hauptmann? – Meint Ihr etwa mich, so wollen wir das Geisterbannen beiseite stellen; daß ich mich aber auf das Entgeistern verstehe, könnt ich Euch beweisen, und dazu bedarf ich statt eines sonstigen Talismans nur meines Degens oder eines guten Pistolenlaufs.'

Zu nichts weniger war der Hauptmann aufgelegt, als mit O'Malley Händel anzufangen; er versicherte daher, artig einlenkend, daß er zwar allerdings den Major gemeint, indessen nur Scherz im Sinne gehabt, der vielleicht unzeitig gewesen. Im Ernst wolle er aber jetzt den Major fragen, ob er nicht gut tun würde, das alberne Gerücht, daß er wirklich über unheimliche Mächte gebiete, zu widerlegen und so auch seinerseits dem dummen Aberglauben zu steuern, der nicht mehr in das aufgeklärte Zeitalter passe. – Der Major lehnte sich über den ganzen Tisch, stützte den Kopf auf beide Fäuste, so daß seine Nase kaum eine Spanne weit von des Hauptmanns Antlitz entfernt war, und sprach dann, ihn mit seinen hervorglotzenden Augen starr anblickend, sehr gelassen: ,Hat Euch, mein Gönner, der Herr auch nicht etwa mit einem sehr durchdringenden Geist erleuchtet, so werdet Ihr, hoff ich, doch einzusehen vermögen, daß es die törichtste, einbildischste, ja, ich möchte sagen, verruchteste Anmaßung wäre, wenn wir glauben wollten, mit unserm geistigen Prinzip sei alles abgeschlossen, und es gebe keine geistigen Naturen, die, anders begabt als wir, oft nur sich selbst aus jener Natur allein die momentane Form bildend, sich uns offenbaren in Raum und Zeit, ja die, nach irgendeiner Wechselwirkung strebend, hineinflüchten könnten in das Tongebäcke, was wir Körper nennen. Ich will es Euch nicht zum Vorwurf machen, Hauptmann, daß Ihr in allen Dingen, die man weder bei der Revue noch auf der Parade lernt, sehr unwissend seid und nichts gelesen habt. Hättet Ihr aber nur etwas weniges in tüchtige Bücher geguckt, kenntet Ihr den Cardanus, den Justinus Martyr, den Lactanz, den Cyprian, den Clemens von Alexandrien, den Macrobius, den Trismegistus, den Nollius, den Dorneus, den Theophrastus, den Fludd, den Wilhelm Postel, den Mirandola, ja nur die kabbalistischen Juden, Joseph und Philo, Euch wäre vielleicht eine Ahnung aufgegangen von Dingen, die jetzt Euren Horizont übersteigen und von denen Ihr daher auch gar nicht reden solltet.'

Damit sprang O'Malley auf und ging mit starken gewaltigen Schritten auf und ab, so daß die Fenster und die Gläser erzitterten.

Unerachtet, versicherte der Hauptmann etwas betreten, unerachtet er des Majors Gelehrsamkeit hoch in Ehren halte, unerachtet er gar nicht in Abrede stellen wolle, daß es höhere geistige Naturen gebe und geben müsse: so sei er doch fest überzeugt, daß irgendeine Verbindung mit einer unbekannten Geisterwelt durchaus gegen die Bedingung der menschlichen Natur, mithin unmöglich sei und alles, was als Beweis des Gegenteils gelten solle, auf Selbsttäuschung oder Betrug beruhe.

O'Malley blieb, als der Hauptmann schon einige Sekunden geschwiegen, plötzlich stehen und begann: ‚Hauptmann oder (sich zu mir wendend) Ihr, Leutnant, tut mir den Gefallen und setzt Euch hin und schreibt ein Heldengedicht, ebenso herrlich, so übermenschlich groß wie die Ilias!'

Wir erwiderten beide, daß uns das wohl nicht gelingen werde, da keinem der homerische Geist inwohne. ‚Ha, ha', rief der Major, ‚seht Ihr wohl, Hauptmann! Weil Euer Geist unfähig ist, Göttliches zu empfangen und zu gebären, ja, weil Eure Natur nicht einmal von der Beschaffenheit sein mag, sich auch nur zur Erkenntnis zu entzünden, deshalb müßtet Ihr eigentlich leugnen, daß aus irgendeinem Menschen sich dergleichen gestalten könne. – Ich sage Euch, jener Umgang mit höheren geistigen Naturen ist bedingt durch einen besonderen psychischen Organism; und wie die dichterische Schöpfungskraft, so ist auch jener Organism eine Gabe, mit der die Gunst des Weltgeistes seinen Liebling ausstattet.'

Ich las in des Hauptmanns Gesicht, daß er im Begriff stand, irgend etwas Spöttisches dem Major zu entgegnen. Um es nicht dazu kommen zu lassen, nahm ich das Wort und machte dem Major bemerklich, daß, soviel ich wüßte, doch die Kabbalisten gewisse Formen und Regeln aufstellten, um zu jenem Umgange mit unbekannten geistigen Wesen zu gelangen. Noch ehe der Major aber antworten konnte, sprang der Hauptmann, von Wein erhitzt, auf und sprach in bitterem Ton: ‚Nun, was hilft hier alles Schwatzen; Ihr gebt Euch für eine höhere Natur aus, Major; Ihr wollt uns glauben machen, daß Ihr, aus besserm Stoff geschaffen als unsereins, den Geistern gebietet! – Erlaubt, daß ich Euch so lange für einen betörten Schwärmer halte, bis Ihr uns Eure psychische Kraft zutage gelegt.'

Der Major lachte wild auf und sprach dann: ‚Ihr haltet mich für einen gemeinen Geisterbanner, für einen kläglichen Taschenspieler, Hauptmann? – Das steht Euerm kurzsichtigen Sinne wohl an! – Doch! – Es soll Euch vergönnt sein, einen Blick in ein dunkles Reich zu tun, das Ihr nicht ahnet und das Euch verderblich erfassen kann! – Ich warne Euch indessen vorher und gebe Euch zu bedenken, daß

Euer Gemüt nicht stark genug sein könnte, manches zu ertragen, das mir ein ergötzliches Spiel dünkt.'

Der Hauptmann versicherte, daß er bereit sei, es mit allen Geistern und Teufeln aufzunehmen, die O'Malley zu beschwören imstande wäre, und nun mußten wir dem Major auf unser Ehrenwort versprechen, uns in der Nacht des Herbstäquinoktiums, und zwar Schlag zehn Uhr in dem dicht vor dem ***er Tor gelegenen Wirtshause einzufinden, wo wir das Weitere erfahren würden.

Es war indessen heller Tag geworden; die Sonne schien durch die Fenster. Da stellte sich der Major mitten ins Zimmer und rief mit donnernder Stimme: ‚Incubus! – Incubus! Nehmahmihah Scedim' – warf den Mantel ab, den er bis jetzt nicht abgelegt, und stand da in voller Uniform.

In demselben Augenblick mußte ich heraus, da die Wache ins Gewehr trat. Als ich zurückkam, waren beide, der Major und der Hauptmann, verschwunden.

‚Ich blieb,' – sprach der junge Offizier, ein liebenswürdiger frommer Jüngling, den ich allein fand – ‚ich blieb nur zurück, um Sie vor diesem Major, diesem entsetzlichen Menschen, zu warnen! – Fern von mir sollen seine fürchterlichen Geheimnisse bleiben, und mich gereut es, daß ich mein Wort gab, bei einem Akt zu sein, der vielleicht uns allen, gewiß aber dem Hauptmann verderblich sein kann. Sie werden mir zutrauen, daß ich nicht geneigt bin, jetzt mehr daran zu glauben, was die alte Wärterin dem Kinde vorerzählte; aber – haben Sie wohl bemerkt, daß der Major nach und nach acht Flaschen aus der Tasche zog, die kaum groß genug schien, eine einzige zu fassen? – daß er zuletzt, unerachtet er unter dem Mantel nur das Hemde trug, plötzlich von unsichtbaren Händen angekleidet dastand?' – Es war dem so, wie der Leutnant sagte, und ich muß gestehen, daß eiskalte Schauer mich durchbebten.

An dem bestimmten Tage fand sich der Hauptmann mit meinem jungen Freunde bei mir ein, und auf den Schlag zehn Uhr nachts waren wir, so wie wir es dem Major zugesagt, in dem Wirtshause. Der Leutnant war still und in sich gekehrt, desto lauter und lustiger aber der Hauptmann.

‚In der Tat,' rief dieser, als es schon halb elf Uhr geworden und O'Malley sich nicht blicken ließ, ‚in der Tat, ich glaube, der Herr Geisterbanner läßt uns im Stich mitsamt seinen Geistern und Teufeln!' ‚Das tut er nicht', sprach es dicht hinter dem Hauptmann, und O'Malley stand unter uns, ohne daß jemand bemerkt, wie er hereingekommen. – Dem Hauptmann erstarb die Lache, die er aufschlagen wollte. –

Der Major, wie gewöhnlich in seinen Soldatenmantel gekleidet, meinte, daß es, ehe er uns an den Ort führe, wo er gedenke, sein Versprechen zu erfüllen, noch Zeit sei, ein paar Gläser Punsch zu trinken; es würde uns guttun, da die Nacht rauh und kalt sei und wir einen ziemlichen Weg zu machen hätten. Wir setzten uns an einen Tisch, auf den der Major einige zusammengebundene Fackeln und ein Buch legte.

‚Hoho,' rief der Hauptmann, ‚das ist wohl Euer Beschwörungsbuch, Major?' – ‚Allerdings', erwiderte O'Malley trocken.

Der Hauptmann ergriff das Buch, schlug es auf und lachte in demselben Augenblick so unmäßig, daß wir nicht wußten, was ihn denn so ganz toll lächerlich bedünken könne.

‚Nein,' sprach dann der Hauptmann, sich mit Mühe erholend, ‚nein, das ist zu arg! – Major, was zum Teufel, wollt Ihr denn Euern Scherz mit uns treiben, oder habt Ihr Euch vergriffen? – Freunde, Kameraden, schaut doch nur her!'

Du kannst dir, Freund Albert, unser tiefes Erstaunen denken, als wir gewahrten, daß das Buch, das uns der Hauptmann vor die Augen hielt, kein anderes war, als – Pepliers französische Grammaire! – O'Malley nahm dem Hauptmann das Buch aus der Hand, steckte es in die Manteltasche und sprach dann sehr ruhig, wie er denn überhaupt in seinem ganzen Wesen ruhiger und milder erschien als sonst jemals: ‚Sehr gleichgültig kann es Euch sein, Hauptmann, welcher Mittel ich mich bedienen will, um mein Versprechen zu erfüllen, welches in nichts anderm besteht, als Euch sinnlich meine Gemeinschaft mit der Geisterwelt darzutun, die uns umgibt, ja in der unser höheres Sein bedingt ist. Glaubt Ihr denn, daß meine Kraft solcher armseliger Krücken bedarf, als da sind: besondere mystische Formeln, Wahl einer bestimmten Zeit, eines abgelegenen schauerlichen Orts, deren sich armselige kabbalistische Schüler in nutzlosen Experimenten zu bedienen pflegen? – Auf offnem Markt, zu jeder Stunde könnt ich Euch beweisen, was ich vermag; und daß ich damals, als Ihr mich verwegen genug in die Schranken fordertet, eine besondere Zeit und, wie Ihr gleich sehen werdet, einen Ort wählte, der Euch vielleicht schauerlich dünken möchte, war nur eine Artigkeit, die ich Eurethalben dem erzeigen wollte, der in gewisser Art diesmal Euer Gast sein soll. – Gäste empfängt man gern im Putzzimmer zu gelegensten Stunde.'

Es schlug elf Uhr; der Major nahm die Fackeln und gebot uns, zu folgen.

Er schritt so schnell, daß wir Mühe hatten, ihm nachzukommen, voran auf dem großen Wege fort und bog, als wir das Zollhäuschen erreicht, rechts ein in den Fußsteig, der durch den dort gelegenen dichten Tannenwald führt. Nachdem wir beinahe eine Stunde gelaufen, stand der Major still und mahnte uns, dicht hinter ihm zu bleiben, da wir uns sonst leicht im Dickicht des Waldes, in das wir nun hinein müßten, verlieren könnten. Nun ging es quer durch im dicksten Gestrüppe, so daß bald dieser, bald jener mit der Uniform oder mit dem Degen hängenblieb und sich mit Mühe losmachen mußte, bis wir endlich einen freien Platz erreichten. Mondesstrahlen brachen durch das finstre Gewölk, und ich gewahrte die Ruinen eines ansehnlichen Gebäudes, in welche der Major hineinschritt. Es wurde finstrer und finstrer; der Major rief uns an, stillzustehen, weil er jeden einzeln hinabführen wolle. Mit dem Hauptmann machte er den Anfang; dann traf mich die Reihe. Der Major hatte mich umfaßt und trug mich mehr, als ich ging, hinunter in die Tiefe. ‚Bleibt,' flüsterte O'Malley mir zu, ‚bleibt hier ruhig stehen, bis ich den Leutnant gebracht, dann beginnt mein Werk.'

Ich vernahm in der undurchdringlichen Finsternis die Atemzüge eines dicht neben mir Stehenden. ‚Bist du es, Hauptmann?' rief ich. ‚Allerdings!' erwiderte der Hauptmann; ‚gib acht, Vetter, es läuft alles auf dumme Taschenspielerei hinaus; aber es ist ein ganz verdammter Ort, wo uns der Major hingeführt, und ich wollte, ich säße wieder beim Punschnapf; denn mir beben alle Glieder vor Frost und, wenn du willst, auch vor einer gewissen kindischen Bangigkeit.' –

Mir gings nicht besser als dem Hauptmann. Der rauhe Herbstwind pfiff und heulte durch die Mauern, und ein seltsames Flüstern und Ächzen antwortete ihm aus der Tiefe. Aufgescheuchtes Nachtgeflügel rauschte und flatterte um uns her, während ein leises Winseln dicht über dem Boden wegzuschleichen schien. – Wahrlich, wir beide, der Hauptmann und ich, konnten von den Schauern unseres Aufenthalts wohl dasselbe sagen, was Cervantes vom Don Quixote sagt, als er die verhängnisvolle Nacht vor dem Abenteuer mit den Walkmühlen übersteht: ‚Ein minder Beherzter hätte alle Fassung verloren.' – An dem Wellengeflüster eines nahen Wassers und an dem Heulen der Hunde gewahrten wir übrigens, daß wir uns nicht ferne von der Lederfabrik befinden mußten, die bei Potsdam dicht an dem Strom gelegen ist. Endlich vernahmen wir dumpfe Tritte, die sich immer mehr näherten, bis dicht bei uns der Major laut rief: ‚Nun sind wir beisammen, und es kann vollbracht werden, was begonnen!' – Mittelst eines chemischen Feuerzeuges zündete er die Fackeln an, die er mitgebracht, und steckte sie in den Boden. Es waren sieben an der Zahl. Wir befanden uns in einem verfallenen Kellergewölbe. O'Malley stellte uns in einen Halbkreis, warf Mantel und Hemde ab, so daß er bis an den Gürtel nackt dastand, schlug das Buch auf und begann mit einer Stimme, die mehr dem dumpfen Brüllen eines fernen Raubtiers, als dem Ton eines Menschen glich, zu lesen: ‚Monsieur, prêtez-moi un peu, s'il vous plaît, votre canif. – Oui, Monsieur, d'abord – le voilà – je vous le rendrai." –

"Nein," unterbrach Albert hier den Freund, "nein, das ist zu arg! – Das Gespräch: ‚Vom Schreiben' aus Pepliers Grammaire als Beschwörungsformel! – Und ihr lachtet nicht laut auf, und das ganze Spiel hatte nicht auf einmal ein Ende?" –

"Ich," fuhr Viktor fort, "ich komme nun zu einem Moment, von dem ich in der Tat nicht weiß, ob es mir gelingen wird, ihn dir darzustellen. Mag deine Phantasie meine Worte beleben! – Immer entsetzlicher wurde die Stimme des Majors, während der Sturm stärker brauste und der flackernde Schein der Fackeln die Wände mit seltsamen, im Fluge wechselnden Gebilden belebte. – Ich fühlte, wie kalter Schweiß auf meiner Stirn tropfte; mit Gewalt errang ich Fassung – da pfiff ein schneidender Ton durch das Gewölbe, und dicht vor meinen Augen stand ein Etwas..."

"Wie," rief Albert, "ein Etwas, meinst du, Viktor? – eine entsetzliche Gestalt?"

"Es scheint," sprach Viktor weiter, "es scheint heilloser Unsinn, wenn ich von einer gestaltlosen Gestalt sprechen wollte, und doch kann ich kein anderes Wort finden, um das gräßliche Etwas zu bezeichnen, das ich gewahrte. – Genug, in demselben Moment stieß das Grausen der Hölle seine spitzen Eisdolche mir in die Brust, und ich verlor die Besinnung. – Am hellen Mittag fand ich mich wieder, entkleidet auf mein Lager ausgestreckt. Alle Schauer der Nacht waren verschwunden, ich fühlte mich völlig wohl und leicht. Mein junger Freund schlief in dem Lehnstuhl. Sowie ich mich nur regte, erwachte der Leutnant und bezeugte die lebhafteste Freude, als er mich ganz gesund fand. Von ihm erfuhr ich, daß er, sowie der Major sein düstres Werk begonnen, die Augen zugedrückt und sich bemüht, dem Gespräch aus Pepliers Grammaire fest zu folgen und durchaus sich an nichts weiter zu kehren. Dessenungeachtet hatte ihn eine furchtbare, nie gekannte Angst erfaßt, er indessen die Besinnung nicht verloren. Dem gräßlichen Pfeifen (so erzählte der Leutnant) folgte ein wildes, wüstes Gelächter. Nun schlug der Leutnant unwillkürlich die Augen auf und gewahrte den Major, der den Mantel wieder umgeworfen und im Begriff stand, den Hauptmann, der entseelt am Boden lag, auf die Schultern zu laden.

,Nehmt Euch Eures Freundes an', rief O'Malley dem Leutnant zu, gab ihm eine Fackel und stieg mit dem Hauptmann herauf. Jetzt redete der Leutnant mich, der ich regungslos dastand, an, indes vergeblich. Ich schien vom Starrkrampfe ergriffen, und nur mit der äußersten Anstrengung brachte mich der Leutnant herauf ins Freie. Plötzlich kehrte nun der Major zurück, packte mich auf die Schultern und trug mich fort, wie erst den Hauptmann. Tiefes Entsetzen faßte aber den Leutnant, als er, aus dem Walde gekommen, auf dem breiten Wege einen zweiten O'Malley gewahrte, der den Hauptmann trug. Still für sich betend, besiegte er aber jenes Entsetzen und folgte mir, fest entschlossen, mich, möge sich begeben, was da wolle, nicht zu verlassen, bis vor mein Quartier, wo O'Malley mich absetzte und sich davonmachte, ohne ein Wort zu reden. Mit Hilfe meines Bedienten (das war damals schon mein ehrlicher Eulenspiegel, Paul Talkebarth) brachte mich nun der Leutnant nun auf mein Zimmer und ins Bette. Mein junger Freund schloß seine Erzählung damit, daß er mich auf das rührendste beschwor, jede Gemeinschaft mit dem furchtbaren O'Malley zu vermeiden. Den Hauptmann hatte der herbeigerufene Arzt in jenem Wirtshaus vor dem Tore, wo wir uns versammelt, sprachlos, vom Schlage getroffen gefunden. Er genas zwar, blieb aber untauglich für den Dienst und mußte seinen Abschied nehmen. Der Major war verschwunden; die Offiziere sagten, er sei auf Urlaub. Mir war es lieb, daß ich ihn nicht wiedersah, da mit dem Entsetzen, das sein finstres Treiben in mir verursacht, eine tiefe Erbitterung in meine Seele gekommen war. Meines Verwandten Unglück war O'Malleys Werk, und blutige Rache zu nehmen, schien eigentlich meine Pflicht. –

Geraume Zeit war vergangen, das Bild jener verhängnisvollen Nacht verblaßt. Die Beschäftigungen, die der Dienst erfordert, unterdrückten meinen Hang zu mystischer Schwärmerei. Da fiel mir ein Buch in die Hände, dessen Wirkung auf mein ganzes Wesen mir selbst ganz unerklärlich dünkte. Ich meine jene wunderbare Erzählung Cazottes, die in einer deutschen Übersetzung ,Teufel Amor' benannt ist. – Die mir natürliche Blödigkeit, ja ein gewisses kindisches, scheues Wesen in der Gesellschaft hatte mich entfernt gehalten von dem Frauenzimmer, so wie die besondere Richtung meines Geistes jedem Aufwallen roher Begierde widerstand. Ich kann mit Recht behaupten, daß ich ganz unschuldig war, da weder mein Verstand noch meine Phantasie sich bis jetzt mit dem Verhältnis des Mannes zum Weibe beschäftigt hatte. Jetzt erst wurde das Mysterium einer Sinnlichkeit in mir wach, die ich nicht geahnet. Meine Pulse schlugen, ein verzehrendes Feuer durchströmte Nerven und Adern bei jenen Szenen der gefährlichsten, ja grauenvollsten Liebe, die der Dichter mit glühenden Lebensfarben darstellte. Ich sah, ich hörte, ich empfand nichts als die reizende Biondetta, ich unterlag der wollüstigen Qual wie Alvarez." –

"Halt," unterbrach Albert hier den Freund, "halt – nicht ganz lebhaft erinnere ich mich des ,Diable amoureux' von Cazotte; aber soviel ich weiß, dreht sich die Geschichte darum, daß ein junger Offizier in der Garde des Königs von Neapel von einem mystischen Kameraden verführt wird, in den Ruinen von Portici den Teufel heraufzubeschwören. Als er die Bannformel gesprochen, streckt ein scheußlicher Kamelskopf mit langem Halse aus einem Fenster sich ihm entgegen und ruft mit gräßlicher Stimme: Che vuoi! – Alvarez, so ist ja der junge Gardeoffizier geheißen, befiehlt dem Gespenst, in der Gestalt eines Wachtelhündchens und eines Pagen zu erscheinen. Es geschieht; bald aber wird aus diesem Pagen das reizendste und zugleich verliebteste Mädchen, das den Beschwörer ganz und gar bestrickt. Doch wie Cazottes gar hübsches Märlein endet, das ist mir entfallen." –

"Das," fuhr Viktor fort, "das tut vorderhand gar nichts zur Sache, du wirst wohl daran erinnert werden bei dem Schlusse meiner Geschichte, – halt es meinem Hange zum Wunderbaren, wohl aber auch dem Geheimnisvollen zugute, das ich erfahren, wenn Cazottes Märchen mir bald ein Zauberspiegel dünkte, in dem ich mein eigenes Schicksal erblickte. – War nicht O'Malley für mich jener mystische Niederländer, jener Soberano, der den Alvarez mit seinen Künsten verlockte? –

Die Sehnsucht, die in meiner Brust glühte, das furchtbare Abenteuer des Alvarez zu bestehen, erfüllte mich mit Grausen; aber selbst die Schauer dieses Grausens ließen mich erbeben vor unbeschreiblicher Wollust, die ich nie gekannt. Oft regte es sich in meinem Innern wie eine Hoffnung, daß O'Malley wiederkehren und die Geburt der Hölle, der mein ganzes Ich hingegeben, in meine Arme liefern würde, und nicht töten konnte diese sündhafte Hoffnung, der tiefe Abscheu, der dann wieder wie ein Dolch meine Brust durchfuhr. Die seltsame Stimmung, die mein aufgeregter Zustand erzeugte, blieb allen ein Rätsel; man hielt mich für gemütskrank, man wollte mich aufheitern, zerstreuen; unter dem Vorwand eines Dienstgeschäftes schickte man mich nach der Residenz, wo die glänzendsten Zirkel mir offen standen. War ich aber jemals scheu und blöde gewesen, so verursachte mir jetzt Gesellschaft, vorzüglich aber jede Annäherung von Frauenzimmern, einen entschiedenen Widerwillen, da die reizendste mir nur Biondettas Abbild, das ich im Innern trug, zu verhöhnen schien. Als ich nach Potsdam zurückgekommen, floh ich alle Gemeinschaft meiner Kameraden, und mein liebster Aufenthalt war jener Wald, der Schauplatz der grauenvollen Begebenheiten, die meinem armen Vetter beinahe das Leben gekostet. Dicht bei den Ruinen stand ich und war, von einer dunklen Begierde getrieben, im Begriff, mich durch das dicke Gestrüpp hineinzuarbeiten, als ich plötzlich O'Malley erblickte, der langsam herausschritt und mich gar nicht zu gewahren schien. Der lange verhaltene Zorn wallte auf; ich stürzte los auf den Major und erklärte ihm mit kurzen Worten, daß er sich meines Vetters halber mit mir schlagen müsse. ,Das kann sogleich geschehen', sprach der Major kalt und ernst, warf den Mantel ab, zog den Degen und schlug mir den meinigen beim ersten Gange mit unwiderstehlicher Gewandtheit aus der Hand. ,Wir schießen uns', schrie ich in wilder Wut und wollte meinen Degen aufraffen, da hielt mich O'Malley fest und sprach mit mildem, ruhigem Ton, wie ich ihn beinahe noch niemals reden gehört: ,Sei kein Tor, mein Sohn! du siehst, daß ich dir im Kampfe überlegen bin; ehe könntest du die Luft verwunden, als mich, und niemals werd ich über mich gewinnen, dir feindlich gegenüberzustehen, da ich dir mein Leben verdanke und wohl noch etwas mehr.' – Der Major faßte mich jetzt unter den Arm, und indem er mich mit sanfter Gewalt fortzog, bewies er mir, daß an des Hauptmanns Unfall niemand anders schuld sei als er, der Hauptmann selbst, da er sich, alles Warnens ungeachtet, Dinge zugetraut, denen er nicht gewachsen, und ihn, den Major, zu dem, was er getan, genötigt durch unzeitigen, verhöhnenden Spott. – Selbst weiß ich nicht, was für eine seltsame Zauberkraft in O'Malleys Worten, in seinem ganzen Benehmen lag; es gelang ihm nicht allein, mich zu beruhigen, sondern mich auch so anzuregen, daß ich ihm willkürlos das Geheimnis meines inneren Zustandes, des zerrüttenden Kampfes meiner Seele, aufschloß. ,Die besondere,' sprach O'Malley, als er alles erfahren, ,die besondere Konstellation, die über dich, mein guter Sohn, waltet, hat es nun einmal gefügt, daß ein albernes Buch dich auf dein eigentliches inneres Wesen aufmerksam machen sollte. Albern nenne ich jenes Buch, weil darin von einem Popanz die Rede ist, der sich widerlich zeigt und charakterlos. Das, was du der Wirkung jener lüsternen Bilder des Dichters zuschreibst, ist nichts als der Drang zur Vereinigung mit einem geistigen Wesen aus einer anderen Region, die durch deinen glücklich gemischten Organismus bedingt ist. Hättest du mir größeres Vertrauen bewiesen, du stündest längst auf einer höheren Stufe; doch nehme ich dich noch jetzt zu meinem Schüler an.' – O'Malley fing nun an, mich mit der Natur der Elementargeister bekannt zu machen. Ich verstand wenig von dem, was er sprach, indessen lief alles so ziemlich auf die Lehre von den Sylphen, Undinen, Salamandern und Gnomen hinaus, wie du sie in den Unterredungen des Comte de Cabalis finden kannst. Er schloß damit, daß er mir eine besondere Lebensweise vorschrieb, und meinte, daß ich wohl in Jahresfrist zu meiner Biondetta gelangen könne, die mir gewiß nicht die Schmach antun werde, sich in meinen Armen zum leidigen Satan umzugestalten. Mit derselben Hitze wie Alvarez versetzte ich, daß ich in so langer Zeit sterben würde vor Sehnsucht und Ungeduld und alles wagen wolle, früher mein Ziel zu erreichen. Der Major schwieg einige Augenblicke, nachdenklich vor sich hinstarrend, dann erwiderte er: ,Es ist gewiß, daß ein Elementargeist um Eure Gunst buhlt; das kann Euch fähig machen, in kurzer Zeit das zu erlangen, wonach andere jahrelang streben. Ich will Euer Horoskop stellen; vielleicht gibt sich Eure Buhle mir zu erkennen. In neun Tagen sollt Ihr mehr erfahren.' – Ich zählte die Stunden. Bald fühlte ich mich von geheimnisvoll seliger Hoffnung durchdrungen, bald war es mir, als habe ich mich in gefährliche Dinge eingelassen. Endlich am späten Abend des neunten Tages trat der Major in mein Gemach und forderte mich auf, ihm zu folgen. ,Es geht nach den Ruinen?' so fragte ich. ,Mitnichten,' erwiderte O'Malley lächelnd; ,zu dem Werk, das wir vorhaben, bedarf es weder eines abgelegenen, schauerlichen Orts noch einer fürchterlichen Beschwörung aus Pepliers Grammaire. Überdem darf auch mein Incubus keinen Teil haben an dem heutigen Experiment, das Ihr eigentlich unternehmt, nicht ich.' Der Major führte mich in sein Quartier und erklärte, daß es darauf ankomme, mir das Etwas zu verschaffen, mittels dessen mein Ich dem Elementargeist erschlossen werde und dieser die Macht erhalte, sich mir in der sichtbaren Welt kundzutun und mit mir Umgang zu pflegen. Es sei das Etwas, das die jüdischen Kabbalisten ,Theraphim' nennten. Nun schob O'Malley einen Bücherschrank zur Seite, öffnete die dahinter verborgene Tür, und wir traten in ein kleines gewölbtes Kabinett, in dem ich, außer allerlei seltsamem unbekanntem Gerät, einen vollständigen Apparat zu chemischen oder, wie ich beinahe glauben mochte, zu alchimistischen Experimenten gewahrte. Auf einem kleinen Herde schlugen aus den glühenden Kohlen bläuliche Flämmchen. Vor diesem Herde mußte ich mich, dem Major gegenüber, hinsetzen und meine Brust entblößen. Kaum hatte ich dies getan, als der Major schnell, ehe ichs mir versah, mich mit einer Lanzette unter der linken Brust ritzte und die wenigen Tropfen Bluts, die der leichten, kaum fühlbaren Wunde entquollen, in einer kleinen Phiole auffing. Dann nahm er eine hell spiegelartig polierte Metallplatte, goß eine andere Phiole, die eine rote blutähnliche Feuchtigkeit enthielt, dann aber die mit meinem Blut gefüllte Phiole darauf aus und brachte mittelst einer Zange die Platte dicht über das Kohlenfeuer. Mich wandelte ein tiefes Grausen an, als ich zu gewahren glaubte, daß auf den Kohlen sich eine lange, spitze, glühende Zunge emporschlängelte und begierig das Blut von dem Metallspiegel wegleckte. Der Major befahl mir nun, mit fest fixiertem Sinn in das Feuer zu schauen. Ich tat es, und bald wurde es mir zumute, als säh ich, wie im Traum, verworrene Gestalten aus dem Metall, das der Major noch immer über den Kohlen festhielt, durcheinander blitzen. Doch plötzlich fühlte ich in der Brust, da, wo der Major meine Haut durchritzt, einen solchen stechenden, gewaltigen Schmerz, daß ich unwillkürlich laut aufschrie. ‚Gewonnen, gewonnen', rief in demselben Augenblick O'Malley, erhob sich von seinem Sitz und stellte ein kleines, etwa zwei Zoll hohes Püppchen, zu dem sich der Metallspiegel geformt zu haben schien, vor mir hin auf den Herd. ‚Das', sprach der Major, ‚ist Euer Theraphim! Die Gunst des Elementargeistes gegen Euch scheint ungewöhnlich zu sein; Ihr dürft nun das Äußerste wagen.' Auf des Majors Geheiß nahm ich das Püppchen, dem, ungeachtet es zu glühen schien, nur eine wohltuende elektrische Wärme entströmte, drückte es an die Wunde und stellte mich vor einen runden Spiegel, von dem der Major die verhüllende Decke herabgezogen. ‚Spannt,' sprach O'Malley mir nun leise ins Ohr, ‚spannt Euer Inneres nun zum inbrünstigsten Verlangen, welches Euch, da der Theraphim wirkt, nicht schwer werden kann, und sprecht mit dem süßesten Ton, dessen Ihr mächtig, das Wort!' – In der Tat, ich habe das seltsam klingende Wort, das mir O'Malley vorsprach, vergessen. Kaum war aber die Hälfte der Silben über die Lippen, als ein häßliches, toll verzerrtes Gesicht aus dem Spiegel mich hämisch anlachte. ‚Alle Teufel der Hölle, wo kommst du her, verfluchter Hund!' so schrie O'Malley hinter mir. Ich wandte mich um und erblickte meinen Paul Talkebarth, der in der Türe stand und dessen schönes Antlitz sich in dem magischen Spiegel reflektiert hatte. Der Major fuhr wütend auf den ehrlichen Paul; doch ehe ich mich dazwischen werfen konnte, blieb O'Malley dicht vor ihm regungslos stehen, und Paul nützte den Augenblick, sich weitläufig zu entschuldigen, wie er mich gesucht, wie er die Tür offen gefunden, wie er hereingetreten, usw. ‚Hebe dich hinweg, Schlingel', sprach endlich O'Malley gelassen genug, und da ich hinzufügte: ‚Geh nur, guter Paul, gleich komme ich nach Hause', so machte sich der Eulenspiegel ganz erschrocken und verblüfft von dannen.

Ich hatte das Püppchen fest in der Hand behalten, und O'Malley versicherte, wie nur dieser Umstand es bewirkt, daß nicht alle Mühe umsonst geblieben. Talkebarths unzeitiges Dazwischentreten habe indessen die Vollendung des Werks auf lange Zeit verschoben. Er riet mir, den treuen Diener fortzujagen; das konnte ich nicht übers Herz bringen. Übrigens belehrte mich der Major, daß der Elementargeist, der mir seine Gunst geschenkt, nichts Geringeres sei, als ein Salamander, wie er es schon vermutet, als er mein Horoskop gestellt, da Mars im ersten Hause gestanden. – Ich komme wiederum zu Momenten, die du, da sie keines Ausdrucks fähig, nur ahnen kannst. Vergessen war Teufel Amor, war Biondetta; ich dachte nur – an meinen Theraphim. Stundenlang konnte ich das Püppchen, vor mir auf den Tisch gestellt, anschauen, und die Liebesglut, die in meinen Adern strömte, schien dann, gleich dem himmlischen Feuer des Prometheus, das Bildlein zu beleben, und in lüsterner Begierde wuchs es empor. Doch ebenso schnell zerrann die Gestaltung, als ich sie dachte, und zu der unnennbaren Qual, die mein Herz durchschnitt, gesellte sich ein seltsamer Zorn, der mich antrieb, das Püpplein, ein lächerliches, armseliges Spielwerk, von mir zu werfen. Aber indem ich es faßte, fuhr es durch alle meine Glieder wie ein elektrischer Schlag, und es war mir, als müßte mich die Trennung von dem Talisman der Liebe selbst vernichten. Gestehen will ich offen, daß meine Sehnsucht, unerachtet sie einem Elementargeiste galt, sich vorzüglich in allerlei zweideutigen Träumen auf Gegenstände der Sinnenwelt, die mich umgab, richtete, so daß meine erregte Phantasie bald dieses, bald jenes Frauenzimmer dem spröden Salamander unterschob, der sich meiner Umarmung entzog. – Ich erkannte zwar mein Unrecht und beschwor mein kleines Geheimnis, mir die begangene Untreue zu verzeihen; allein an der abnehmenden Kraft jener seltsamen Krise, die sonst meine tiefste Seele in glühender Liebe bewegte, ja an einer gewissen unbehaglichen Leere fühlte ich es wohl, daß ich mich immer mehr von meinem Ziele entfernte, statt mich ihm zu nähern. Und doch spotteten die Triebe des in voller Kraft blühenden Jünglings meines Geheimnisses, meines Widerstrebens. Ich erbebte bei der leisesten Berührung eines reizenden Weibes, indem ich mich zugleich in glühender Scham erröten fühlte. – Der Zufall führte mich auf neue nach der Residenz. Ich sah die Gräfin von L**, das anmutigste, reizendste und zugleich eroberungssüchtigste Weib, das damals in den ersten Zirkeln Berlins prangte; sie warf ihre Blicke auf mich; und die Stimmung, in der ich mich damals befand, mußte es ihr sehr leicht machen, mich ganz und gar in ihre Netze zu verlocken, ja, sie brachte mich endlich dahin, ihr mein Inneres ohne allen Rückhalt zu erschließen, ihr mein Geheimnis zu entdecken, ja ihr das geheimnisvolle Bildlein, das ich auf der Brust trug, zu zeigen."

"Und," unterbrach Albert den Freund, "und sie lachte dich nicht wacker aus, schalt dich nicht einen betörten Jüngling?"

"Nichts," fuhr Viktor fort, "nichts von allem dem. Sie hörte mich mit einem Ernst an, der ihr sonst gar nicht eigen, und als ich geendet, beschwor sie mich, Tränen in den Augen, den Teufelskünsten des berüchtigten O'Malley zu entsagen. Meine beiden Hände fassend, mich mit dem Ausdruck der süßesten Liebe anblickend, sprach sie von dem dunkeln Treiben der kabbalistischen Adepten so gelehrt, so gründlich, daß ich mich ein wenig darüber verwunderte. Bis zum höchsten Grad stieg aber mein Erstaunen, als sie den Major den ruchlosesten, abscheulichsten Verräter schalt, da ich ihm das Leben gerettet und er mich dafür durch seine schwarze Kunst ins Verderben locken wolle. Zerfallen mit dem Leben, in Gefahr, zu Boden gedrückt zu werden von tiefer Schmach, sei nämlich O'Malley im Begriff gewesen, sich zu erschießen, als ich dazwischengetreten und den Selbstmord gehindert, der ihm dann leid geworden, da das Unheil von ihm abgewandt. Habe mich, so schloß die Gräfin, der Major gestürzt in psychische Krankheit, so wolle sie mich daraus erretten, und der erste Schritt dazu sei, daß ich das Bildlein in ihre Hände liefere. Ich tat das gern und willig, weil ich mich dadurch auf die schönste Art von einer unnützen Qual zu befreien glaubte. Die Gräfin müßte das nicht gewesen sein, was sie wirklich war, hätte sie nicht den Liebhaber lange Zeit schmachten lassen, ohne den brennenden Durst der Liebe zu stillen. So war es mir auch gegangen. Endlich sollte ich glücklich sein. Um Mitternacht harrte eine vertraute Dienerin meiner an der Hinterpforte des Palastes und führte mich durch entlegene Gänge in ein Gemach, das der Gott der Liebe selbst ausgeschmückt zu haben schien. Hier sollte ich die Gräfin erwarten. Halb betäubt von dem süßen Duft des feinen Räucherwerks, der im Zimmer wallte, bebend vor Liebe und Verlangen, stand ich in des Zimmers Mitte; da traf, durchfuhr wie ein Blitzstrahl mein innerstes Wesen ein Blick..."

"Wie," rief Albert, "ein Blick und keine Augen dazu? und du sahst nichts? – wohl wieder eine gestaltlose Gestalt!"

"Magst," sprach Viktor weiter, "magst du das unbegreiflich finden, genug – keine Gestalt, nichts gewahrte ich, und doch fühlte ich den Blick tief in meiner Brust, und ein jäher Schmerz zuckte an der Stelle, die O'Malley verwundet. In demselben Augenblick gewahrte ich auf dem Simse des Kamins mein Bildlein, faßte es schnell, stürzte heraus, gebot mit drohender Gebärde der erschrockenen Dienerin, mich herabzuführen, rannte nach Hause, weckte meinen Paul und ließ packen. Der früheste Morgen traf mich schon auf dem Rückwege nach Potsdam. – Mehrere Monate hatte ich in der Residenz zugebracht; die Kameraden freuten sich meines unverhofften Wiedersehns und hielten mich den ganzen Tag über fest, so daß ich erst am späten Abend heimkehrte in mein Quartier. Ich stellte mein liebes, wiedergewonnenes Bildlein auf den Tisch und warf mich, da ich der Ermüdung nicht länger zu widerstehen vermochte, angekleidet auf mein Lager. Bald kam mir aber das träumerische Gefühl, als umflösse mich ein strahlender Glanz! – Ich erwachte, ich schlug die Augen auf: wirklich glänzte das Gemach in magischem Schimmer. – Aber – o Herr des Himmels! – An demselben Tische, auf den ich das Püppchen gestellt, gewahrte ich ein weibliches Wesen, die, den Kopf in die Hand gestützt, zu schlummern schien. Ich kann dir nur sagen, daß ich nie eine zartere, anmutigere Gestalt, nie ein lieblicheres Antlitz träumte; dich den wunderbaren, geheimnisvollen Zauber, der dem holden Bilde entstrahlte, in Worten auch nur ahnen zu lassen, das vermag ich nicht. Sie trug ein seidnes feuerfarbenes Gewand, das, knapp an Brust und Leib anschließend, nur bis an die Knöchel reichte, so daß die zierlichen Füßchen sichtbar wurden. Die schönsten, bis an die Schultern entblößten Arme, in Farbe und Form wie hingehaucht von Tizian, schmückten goldene Spangen; in dem braunen, ins Rötliche spielenden Haar funkelte ein Diamant." –

"Ei," sprach Albert lachend, "deine Salamanderin hat keinen sonderlichen Geschmack – rötlichbraunes Haar, und dazu sich in feuerfarbene Seide zu kleiden..."

"Spotte nicht," fuhr Viktor fort, "spotte nicht, ich wiederhol es dir, daß, von geheimnisvollem Zauber befangen, mir der Atem stockte. Endlich entfloh ein tiefer Seufzer der beängsteten Brust. Da schlug sie die Augen auf, erhob sich, näherte sich mir, faßte meine Hand! – Alle Glut der Liebe, des brünstigsten Verlangens, zuckte wie ein Blitzstrahl durch mein Inneres, als sie meine Hand leise drückte, als sie mir mit der süßesten Stimme zulispelte: ‚Ja! – du hast gesiegt, du bist mein Herrscher, mein Gebieter, ich bin dein!' – ‚O du Götterkind – himmlisches Wesen!' so rief ich laut, umschlang sie und drückte sie an meine Brust. Doch in demselben Augenblicke zerschmolz das Wesen in meinen Armen." –

"Wie," unterbrach Albert den Freund, "wie um tausend Himmels willen – zerschmolz?" – "Zerschmolz", sprach Viktor weiter, "in meinen Armen; anders kann ich dir mein Gefühl des unbegreiflichen Verschwindens jener Holden nicht beschreiben. Zugleich erlosch der Schimmer, und ich fiel, selbst weiß ich nicht wie, in tiefen Schlaf. Als ich erwachte, hielt ich das Püppchen in der Hand. Es würde dich ermüden, wenn ich von dem seltsamen Verhältnisse mit dem geheimnisvollen Wesen, das nun begann und mehrere Wochen fortdauerte, mehr sagen sollte, als daß in jeder Nacht der Besuch sich auf dieselbe Weise wiederholte. So sehr ich mich dagegen sträubte, ich konnte dem träumerischen Zustande nicht widerstehen, der mich befiel und aus dem mich das holde Wesen mit einem Kusse weckte. Doch immer länger und länger weilte sie bei mir. Sie sprach manches von geheimnisvollen Dingen, mehr horchte ich aber auf die süße Melodie ihrer Rede, als auf die Worte selbst. Sie litt und erwiderte die süßesten Liebkosungen. Glaubte ich indessen im Wahnsinn des glühendsten Entzückens den Gipfel des Glücks zu erreichen, so entschwand sie mir, indem ich in tiefen Schlaf versank. – Selbst bei Tage aber war es mir oft, als fühle ich den warmen Hauch eines mir nahen Wesens; ja ein Flüstern, ein Seufzen vernahm ich manchmal dicht bei mir in der Gesellschaft, vorzüglich wenn ich mit einem Frauenzimmer sprach, so daß alle meine Gedanken sich auf meine holde, geheimnisvolle Liebe richteten und ich stumm und starr blieb für das, was mich umgab. Es geschah, daß einst ein Fräulein in einer Gesellschaft sich mir verschämt nahte, um mir den im Pfänderspiel gewonnenen Kuß zu reichen. Indem ich mich aber zu ihr hinbeugte, fühlte ich, noch ehe meine Lippen die ihrigen berührten, einen heißen, schallenden Kuß auf meinem Munde glühen, und zugleich lispelte eine Stimme: ,Nur mir gehören deine Küsse.' Ich und das Fräulein, beide waren wir etwas erschrocken, die übrigen glaubten, wir hätten uns wirklich geküßt.

Dieser Kuß galt mir indessen für ein Zeichen, daß Aurora (so nannte ich die geheimnisvolle Geliebte) sich nun bald ganz und gar in Leben gestalten und mich nicht mehr verlassen werde. Als die Holde in der folgenden Nacht mir wieder erschien auf die gewöhnliche Weise, beschwor ich sie in den rührendsten Worten, wie die helllodernde Liebe und des Verlangens sie mir eingab, mein Glück zu vollenden, ganz mein zu sein für immer in sichtbarer Gestalt. Sie wand sich sanft aus meinen Armen und sprach dann mit mildem Ernst: ,Du weißt, auf welche Weise du mein Gebieter wurdest. Dir ganz anzugehören, war mein seligster Wunsch; aber nur halb sind die Ketten gesprengt, die mich an den Thron fesseln, dem das Volk, dem ich angehöre, unterwürfig ist. Doch je stärker, je mächtiger deine Herrschaft wird, desto freier fühle ich mich von der qualvollen Sklaverei. Immer inniger wird unser Verhältnis, und wir gelangen zum Ziel, ehe vielleicht ein Jahr vorüber ist. Wolltest du, Geliebter, voraneilen dem waltenden Schicksal, manches Opfer, mancher dir bedenklich scheinender Schritt wäre vielleicht noch nötig.' – ,Nein,' rief ich, ,nein, kein Opfer, keinen bedenklichen Schritt gibt es für mich, um dich zu gewinnen, ganz und gar! – Nicht länger leben kann ich ohne dich, ich sterbe vor Ungeduld, vor namenloser Pein!' Da umschlang mich Aurora und lispelte mit kaum hörbarer Stimme: ,Bist du selig in meinen Armen?' – ,Es gibt keine andere Seligkeit,' rief ich und drückte, ganz Glut der Liebe, ganz Wahnsinn des Verlangens, das holde Weib an meine Brust. Brennende Küsse fühlte ich auf meinen Lippen, und diese Küsse selbst waren melodischer Wohllaut des Himmels, in dem ich die Worte vernahm: ,Könntest du wohl um den Preis meines Besitzes der Seligkeit eines unbekannten Jenseits entsagen?' – Eiskalte Schauer durchbebten mich, aber in diesen Schauern raste stärker die Begier, und ich rief in willkürloser Liebeswut: ,Außer dir keine Seligkeit – ich entsage...'

Ich glaube noch jetzt, daß ich hier stockte. ,Morgen nacht wird unser Bund geschlossen', lispelte Aurora, und ich fühlte, wie sie verschwinden wollte aus meinen Armen. Ich drückte sie stärker an mich, vergebens schien sie zu ringen, und indem ich bange Todesseufzer vernahm, wähnte ich mich auf der höchsten Stufe des Liebesglücks. – Mit dem Gedanken an jenen Teufel Amor, an jene verführerische Biondetta erwachte ich aus tiefem Schlaf. Schwer fiel es auf meine Seele, was ich getan in der verhängnisvollen Nacht. Ich gedachte jener heillosen Beschwörung des entsetzlichen O'Malley, der Warnungen meines frommen jungen Freundes – ich glaubte mich in den Schlingen des Teufels, ich glaubte mich verloren. – Im Innern zerrissen, sprang ich auf und rannte ins Freie. Auf der Straße kam mir der Major entgegen und hielt mich fest, indem er sprach: ,Nun, Leutnant, ich wünsche Euch Glück. In der Tat, für so keck und entschlossen hätt ich Euch kaum gehalten; Ihr überflügelt den Meister!' – Von Wut und Scham durchglüht, nicht fähig, ein einziges Wort zu erwidern, macht ich mich los und verfolgte meinen Weg. Der Major lachte hinter mir her. Ich vernahm das Hohnlachen des Satans. – In dem Walde, unfern von jenen verhängnisvollen Ruinen, erblickte ich eine verhüllte weibliche Gestalt, die unter einem Baume gelagert, sich einem Selbstgespräche zu überlassen schien. Ich schlich behutsam näher und vernahm die Worte: ,Er ist mein, er ist mein – o Seligkeit des Himmels! – auch die letzte Prüfung überstand er! – Sind die Menschen denn solcher Liebe fähig, was ist dann ohne sie unser armseliges Sein?' – Du errätst, daß es Aurora war, die ich fand. Sie schlug den Schleier zurück; die Liebe selbst kann nicht schöner, nicht anmutiger sein. Die sanfte Blässe der Wangen, der in süßer Schwermut verklärte Blick ließ mich erbeben in namenloser Lust. Ich schämte mich meiner dunklen Gedanken; – doch in dem Augenblicke, als ich hinstürzen wollte zu ihren Füßen, war sie verschwunden wie ein Nebelbild. Zu gleicher Zeit vernahm ich ein wohlbekanntes Räuspern im Gebüsche, aus dem denn auch bald mein ehrlicher Eulenspiegel, Paul Talkebarth, hervortrat. ,Kerl, wo führt dich der Teufel her?' fuhr ich ihn an. – ,Ei nun,' versetzte er, indem er das lächelnde Fratzengesicht zog, das du kennst, ,ei nun, gerade *hergeführt* hat mich der Teufel nicht, aber *begegnet* mag er mir wohl sein. Der gnädige Herr Leutnant war so früh ausgegangen und hatte die Pfeife vergessen und den Tabak – da dacht ich, so am frühen Morgen in der feuchten Luft... Denn meine Muhme in Genthin pflegte zu sagen...' – ,Halts Maul, Schwätzer, und gib her!' so rief ich und ließ mir die angezündete Pfeife reichen. Doch kaum waren wir ein paar Schritte weitergegangen, als Paul aufs neue ganz leise begann: ,Denn meine Muhme in

Genthin pflegte immer zu sagen, dem Wurzelmännlein sei nicht zu trauen, so ein Kerlchen sei doch am Ende nichts weiter als ein Incubus oder Chezim und stieße einem zuletzt das Herz ab. – Nun, die alte Kaffeeliese hier in der Vorstadt – ach, gnädiger Herr Leutnant, sie sollen nur sehen, was die für schöne Blumen und Tiere und Menschen zu gießen weiß. – Der Mensch helfe sich, wie er kann, pflegte meine Muhme in Genthin zu sagen – ich war gestern auch bei der Liese und brachte ihr ein Viertelchen feinen Mokka. – Unsereins hat auch ein Herz – Beckers Dörtchen ist ein schmuckes Ding; aber sie hat so was Besonderes in den Augen, so was Salamandrisches.' –

‚Kerl, was sprichst du?' rief ich heftig. Paul schwieg, begann aber wieder nach einigen Augenblicken: ‚Ja – die Liese ist dabei eine fromme Frau – sie sagte, nachdem sie den Kaffeesatz beschaut: mit der Dörte habe es nichts auf sich, denn das Salamandrische in den Augen komme vom Brezelbacken oder dem Tanzboden, doch solle ich lieber ledig bleiben; aber ein gewisser junger gnädiger Herr sei in großer Gefahr. Die Salamander seien die schlimmsten Dinge, deren sich der Teufel bediene, um eine arme Menschenseele ins Verderben zu locken, weil sie gewisse Begierden... nun! man müsse nur standhaft bleiben und Gott fest im Herzen behalten – da erblickte ich denn auch selbst in dem Kaffeesatze ganz natürlich, ganz ähnlich den Herrn Major O'Malley.' –

Ich hieß den Kerl schweigen, aber kannst dirs denken, welche Gefühle in mir aufgingen bei diesen seltsamen Reden Pauls, den ich plötzlich eingeweiht fand in mein dunkles Geheimnis und der ebenso unerwartet Kenntnisse von kabbalistischen Dingen kundtat, die er wahrscheinlich der Kaffeewahrsagerin zu verdanken hatte. – Ich brachte den unruhigsten Tag meines Lebens zu. Paul war abends nicht aus der Stube zu bringen, immer kehrte er wieder und machte sich etwas zu schaffen. Als er endlich, da es beinahe Mitternacht geworden, weichen mußte, sprach er leise, wie für sich betend: ‚Trage Gott im Herzen, gedenke des Heils deiner Seele, und du wirst den Lockungen des Satans widerstehen!' –

Nicht beschreiben kann ich, wie diese einfachen Worte meines Dieners, ich möchte sagen auf furchtbare Weise, mein Inneres erschütterten. Vergebens war mein Streben, mich wach zu erhalten;

ich versank in jenen Zustand des wirren Träumens, den ich für unnatürlich, für die Wirkung irgendeines fremden Prinzips erkennen musste. Wie gewöhnlich weckte mich der magische Schimmer. Aurora, in vollem Glanze überirdischer Schönheit, stand vor mir und streckte sehnsuchtsvoll die Arme nach mir aus. Doch wie Flammenschrift leuchteten in meiner Seele Pauls fromme Worte. ,Laß ab von mir, verführerische Ausgeburt der Hölle!' so rief ich; da ragte aber plötzlich riesengroß der entsetzliche O'Malley empor, und mich mit Augen, aus denen das Feuer der Hölle sprühte, durchbohrend, heulte er: ,Sträube dich nicht, armes Menschlein, du bist uns verfallen!' – Dem fürchterlichen Anblicke des scheußlichsten Gespenstes hätte mein Mut widerstanden – O'Malley brachte mich um die Sinne, ich stürzte ohnmächtig zu Boden.

Ein starker Knall weckte mich aus der Betäubung, ich fühlte mich von Mannesarmen umschlungen und versuchte, mich mit der Gewalt der Verzweiflung loszuwinden. ,Gnädiger Herr Leutnant, ich bin es ja!' so sprach es mir in die Ohren. Es war mein ehrlicher Paul, der sich bemühte, mich vom Boden aufzuheben. – Ich ließ ihn gewähren. Paul wollte erst nicht recht mit der Sprache heraus, wie sich alles begeben, endlich versicherte er geheimnisvoll lächelnd, daß er wohl besser gewußt, zu welcher gottlosen Bekanntschaft mich der Major verlockt, als ich ahnen können; die alte fromme Liese habe ihm alles entdeckt. Nicht schlafen gegangen sei er in voriger Nacht, sondern habe seine Büchse scharf geladen und an der Türe gelauscht. Als er nun mich laut aufschreien und zu Boden stürzen gehört, habe er, unerachtet ihm gar grausig zumute gewesen, die verschlossene Tür gesprengt und sei eingedrungen. ,Da,' so erzählte Paul ungefähr in seiner närrischen Manier, ,da standen der Herr Major O'Malley vor mir, gräßlich und scheußlich anzusehen, wie in der Kaffeetasse, und grinseten mich schrecklich an, aber ich ließ mich gar nicht irremachen und sprach: Wenn du, gnädiger Herr Major, der Teufel bist, so halte zu Gnaden, wenn ich dir keck entgegentrete als ein frommer Christ und also spreche: ,Hebe dich weg, du verfluchter Satan Major, ich beschwöre dich im Namen des Herrn, hebe dich weg, sonst knalle ich los.' Aber der Herr Major wollte nicht weichen, sondern grinsete mich immerfort an und wollte sogar häßlich schimpfen. Da rief ich: ,Soll ich losknallen? soll ich losknallen?' Und als der Herr Major immer noch nicht weichen wollte, knallte ich wirklich los. Aber da war alles verstoben – beide eilfertig abgegangen durch die Wand, der Herr Major Satan und die Mamsell Beelzebub!" –

Die Spannung der verflossenen Zeit, die letzten entsetzlichen Augenblicke warfen mich auf ein langwieriges Krankenlager. Als ich genas, verließ ich Potsdam, ohne O'Malley weiter zu sehen, dessen weiteres Schicksal mir auch unbekannt geblieben. Das Bild jener verhängnisvollen Tage trat in den Hintergrund zurück und verlosch endlich ganz, so daß ich die volle Freiheit meines Gemüts wieder gewann, bis hier..."

"Nun," fragte Albert, gespannt von Neugierde und Erstaunen, "hier hast du diese Freiheit wieder verloren? Ich begreife in aller Welt nicht, wie hier..."

"Oh," unterbrach Viktor den Freund, indem sein Ton etwas Feierliches annahm, "oh, mit zwei Worten ist dir alles erklärt. – In den schlaflosen Nächten des Krankenlagers, das ich hier überstand, erwachten alle Liebesträume jener herrlichsten und schrecklichsten Zeit meines Lebens. Es war meine glühende Sehnsucht selbst, die sich gestaltete – Aurora –, sie erschien mir wieder verklärt, geläutert in dem Feuer des Himmels; kein teuflischer O'Malley hat mehr Macht über sie – Aurora ist – die Baronesse!" – – "Wie? – was?" rief Albert, indem er ganz erschrocken zurückfuhr. – "Die kleine, rundliche Hausfrau, mit dem großen Schlüsselbunde, ein Elementargeist, ein Salamander!" murmelte er dann vor sich hin und verbiß mit Mühe das Lachen. –

"In der Gestalt", fuhr Viktor fort, "ist keine Spur der Ähnlichkeit mehr zu finden, das heißt, im gewöhnlichen Leben; aber das geheimnisvolle Feuer, das aus ihren Augen blitzt, der Druck ihrer Hand..." – "Du bist," sprach Albert sehr ernst, "du bist recht krank gewesen, denn die Kopfwunde, die du erhieltest, war bedeutend genug, um dein Leben in Gefahr zu setzen; doch jetzt finde ich dich so weit hergestellt, daß du mit mir fort kannst. Recht aus innigem Herzen bitt ich dich, mein teurer, inniggeliebter Freund, diesen Ort zu verlassen und mich morgen nach Aachen zu begleiten." – "Meines Bleibens", erwiderte Viktor, "ist hier freilich länger nicht. – Es sei darum, ich gehe mit dir – doch Aufklärung – erst Aufklärung." –

Am andern Morgen, sowie Albert erwachte, verkündete ihm Viktor, daß er in einem seltsamen, gespenstischen Traum jenes Beschwörungswort gefunden, das ihm O'Malley vorgesprochen, als der Theraphim bereitet worden. Er gedenke zum letzten Male davon Gebrauch zu machen. Albert schüttelte bedenklich den Kopf und ließ alles vorbereiten zur schnellen Abreise, wobei Paul Talkebarth unter allerlei närrischen Redensarten die freudigste Tätigkeit bewies. "Zackernamthö," hörte ihn Albert für sich murmeln, "es ist gut, daß den irländischen Diafel Fus der Diafel Bär längst geholt hat, der hätte hier noch gefehlt!" –

Viktor fand, wie er es gewünscht hatte, die Baronesse allein auf ihrem Zimmer mit irgendeiner häuslichen Arbeit beschäftigt. Er sagte ihr, daß er nun endlich das Haus verlassen wolle, wo er so lange die edelste Gastfreundschaft genossen. Die Baronesse versicherte, daß sie nie einen Freund bewirtet, der ihr teurer gewesen. Da faßte Viktor ihre Hand und fragte: "Waren Sie jemals in Potsdam? – Kannten Sie einen gewissen irländischen Major?" – "Viktor," fiel ihm die Baronesse schnell und heftig ins Wort, "wir trennen uns heute, wir werden uns niemals wiedersehen, wir dürfen das nicht! – Ein dunkler Schleier liegt über meinem Leben! – Lassen Sie es genug sein, wenn ich Ihnen sage, daß ein düstres Schicksal mich dazu verdammt, beständig ein anderes Wesen zu scheinen, als ich wirklich bin. In dem verhaßten Verhältnisse, worin Sie mich gefunden und das mich geistige Qualen erdulden läßt, deren mein körperliches Wohlsein spottet, büße ich eine schwere Schuld, – doch nun nichts mehr – leben Sie wohl!" – Da rief Viktor mit starker Stimme: "Nehelmiahmiheal!", und mit einem Schrei des Entsetzens stürzte die Baronesse bewußtlos zu Boden. – Viktor, von den seltsamsten Gefühlen bestürmt, ganz außer sich, gewann kaum Fassung, die Dienerschaft herbeizuklingeln; dann verließ er schnell das Zimmer. "Fort, auf der Stelle fort", rief er dem Freunde Albert entgegen und sagte ihm mit wenigen Worten, was geschehen. Beide schwangen sich auf die vorgeführten Pferde und ritten von dannen, ohne die Rückkunft des Barons abzuwarten, der auf die Jagd gegangen.

Alberts Betrachtungen auf dem Ritt von Lüttich nach Aachen haben gezeigt, mit welchem tiefen Ernst, mit welchem herrlichen Sinn er die Ereignisse der verhängnisvollen Zeit aufgefaßt hatte. Es gelang ihm, auf der Reise nach der Residenz, wohin beide Freunde nun zurückkehrten, seinen Freund Viktor ganz aus dem träumerischen Zustande zu reißen, worin er versunken, und indem Albert alles Ungeheure, welches die Tage des letzten Feldzuges geboren, nochmals vor Viktors Blicken in den lebendigsten Farben aufgehen ließ, fühlte sich dieser von demselben Geiste beseelt, der Alberten einwohnte. Ohne daß Albert sich jemals auf lange Widerlegungen oder Zweifel eingelassen, schien Viktor selbst sein mystisches Abenteuer bald für nichts Höheres zu achten als einen langen, bösen Traum. –

Es konnte nicht fehlen, daß in der Residenz die Weiber dem Obristen, der reich, von herrlicher Gestalt, für den hohen Rang, den er bekleidete, noch jung und dabei die Liebenswürdigkeit selbst war, gar freundlich entgegenkamen. Albert meinte, daß er ein glücklicher Mensch sei, der sich die Schönste zur Gattin wählen könne, da erwiderte Viktor aber sehr ernst: "Mag es sein, daß ich, mystifiziert, auf heillose Weise unbekannten Zwecken dienen sollte oder daß wirklich eine unheimliche Macht mich verlocken wollte; die Seligkeit hat es mich nicht gekostet, wohl aber das Paradies der Liebe. Nie kann jene Zeit wiederkehren, da ich die höchste irdische Lust empfand, da das Ideal meiner süßesten, entzückendsten Träume, die Liebe selbst, in meinen Armen lag. Dahin ist Liebe und Lust, seitdem ein entsetzliches Geheimnis mir die geraubt, die meinem innigsten Gemüte wirklich ein höheres Wesen war, wie ich es auf Erden nicht wiederfinde!" –

Der Obrist blieb unvermählt.

 tradition®

Über tradition

Eigenes Buch veröffentlichen

tradition wurde 2006 in Hamburg gegründet und hat seither mehre-re tausend Buchtitel veröffentlicht. Autoren veröffentlichen in we-nigen leichten Schritten gedruckte Bücher, e-Books und audio-Books. tradition hat das Ziel, die beste und fairste Veröffentli-chungsmöglichkeit für Autoren zu bieten.

tradition wurde mit der Erkenntnis gegründet, dass nur etwa jedes 200. bei Verlagen eingereichte Manuskript veröffentlicht wird. Da-bei hat jedes Buch seinen Markt, also seine Leser. tradition sorgt dafür, dass für jedes Buch die Leserschaft auch erreicht wird.

Im einzigartigen Literatur-Netzwerk von tradition bieten zahlreiche Literatur-Partner (das sind Lektoren, Übersetzer, Hörbuchsprecher und Illustratoren) ihre Dienstleistung an, um Manuskripte zu ver-bessern oder die Vielfalt zu erhöhen. Autoren vereinbaren direkt mit den Literatur-Partnern die Konditionen ihrer Zusammenarbeit und partizipieren gemeinsam am Erfolg des Buches.

Das gesamte Verlagsprogramm von tradition ist bei allen stationä-ren Buchhandlungen und Online-Buchhändlern wie z. B. Amazon erhältlich. e-Books stehen bei den führenden Online-Portalen (z. B. iBookstore von Apple oder Kindle von Amazon) zum Verkauf.

Einfach leicht ein Buch veröffentlichen: **www.tredition.de**

Eigene Buchreihe oder eigenen Verlag gründen

Seit 2009 bietet tredition sein Verlagskonzept auch als sogenanntes "White-Label" an. Das bedeutet, dass andere Unternehmen, Institutionen und Personen risikofrei und unkompliziert selbst zum Herausgeber von Büchern und Buchreihen unter eigener Marke werden können. tredition übernimmt dabei das komplette Herstellungs- und Distributionsrisiko.

Zahlreiche Zeitschriften-, Zeitungs- und Buchverlage, Universitäten, Forschungseinrichtungen u.v.m. nutzen diese Dienstleistung von tredition, um unter eigener Marke ohne Risiko Bücher zu verlegen.

Alle Informationen im Internet: **www.tredition.de/fuer-verlage**

tredition wurde mit mehreren Innovationspreisen ausgezeichnet, u. a. mit dem Webfuture Award und dem Innovationspreis der Buch Digitale.

tredition ist Mitglied im Börsenverein des Deutschen Buchhandels.

Dieses Werk elektronisch lesen

Dieses Werk ist Teil der Gutenberg-DE Edition DVD. Diese enthält das komplette Archiv des Projekt Gutenberg-DE. Die DVD ist im Internet erhältlich auf **http://gutenbergshop.abc.de**

FSC
www.fsc.org
MIX
Papier | Fördert
gute Waldnutzung
FSC® C083411

Zeitfracht Medien GmbH
Ferdinand-Jühlke-Straße 7
99095 Erfurt, Deutschland
produktsicherheit@kolibri360.de